EVERARDOBR

O INSETO FRIORENTO E O VENTO FERAL

CATEGORIA

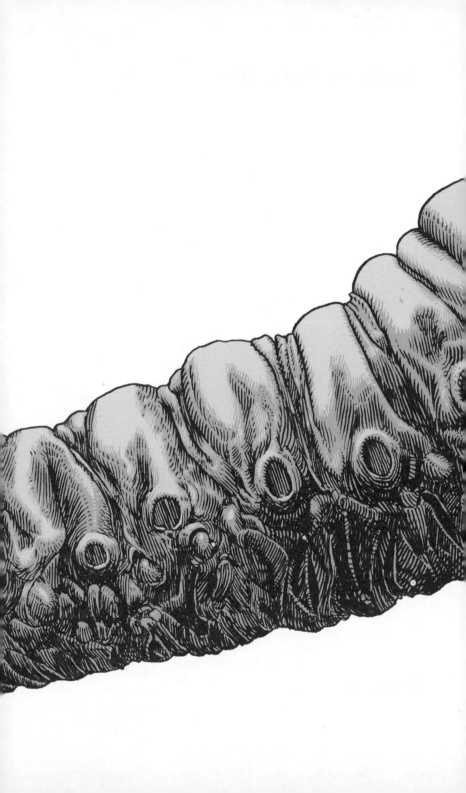

*E a Terra é como o inseto friorento
Dentro da flor azul do firmamento.
(...)
Onde na arcada gótica e suspensa
Reza o vento feral.*

Castro Alves

1
A escada caprichosa 11

2
Juan às onze 23

3
Fui 31

4
Vazamento 47

5
Areia 59

6
Comportamento estrito . . . 71

7
O inseto friorento e
o vento feral 83

8
Embicados 87

9
Hoje que o fuzilamento
foi ontem 101

10
O puro Rigoberto 109

11
O roubo 125

12
Os papagaios 135

13
Cativak da Encosta 139

14
A uva 161

15
Como acabam as loucuras .. 163

16
A ponta 173

17
Carapanã 177

18
O tiro 187

19
A dona da galeria 207

20
As palavras do conto 215

21
Venha logo 217

22
O cacho de ouro 225

23
Sabático e vespertino 233

24
Ring, ring 239

25
Jogo de futebol 247

Recorrências 256

O INSETO FRIORENTO E O VENTO FERAL

1
A escada caprichosa

I

Tenho um propósito firme na vida: cair de escadas e escapar ileso. Não é o que você está pensando. Não sou louco. É apenas minha maneira de ganhar a vida. Quando falo *ganhar a vida*, não falo de dinheiro, que consigo alhures com meu trabalho. Falo de ganhar no sentido de ter vitória sobre a vida. Ela quer me derrubar ou me matar na queda mas não vai conseguir. Por isso caio das escadas. Algumas pessoas não entendem a determinação que tem me levado a tropeçar em tantos degraus e a fazer os dedos escorregarem em tantos corrimãos. Aliás, não algumas pessoas: muitas, quase todas as que me conhecem. Mas eu entendo. Se estivesse vendo a coisa do ângulo de que vocês me veem, acharia igual.

Penso de uma forma linear e para mim bem simples: a escada não é feita para subir ou descer. Para isso existem elevadores e rampas. A escada foi inventada para o tropeço e a queda. Cadê que ela tem o conforto do elevador ou a regularidade da rampa? Nada. Ela tem diferença de altura entre os degraus e, mais grave ainda, tem a quina do degrau e a pequena superfície para pousar o pé. O chute na quina que dá o pé ascendente é o começo do desequilíbrio, e o vazio que espera o pé descendente faz da profundidade da escada uma armadilha planejada com crueldade. Para derrubar mesmo.

Contudo eu faço a vontade do inventor da escada pela metade. Caio mas não morro. Me esfolo mas não me estrepo. Não pense que isso é coisa de amador. Não o sou. Penei para chegar ao que sou hoje. Defender-se na queda voluntária é para profissional, para quem tem, porque desenvolveu, as suficientes habilidades, que só vêm com o conhecimento preciso. Cair não é para qualquer um. Não tente imitar o que faço em shoppings e igrejas. Caio porque posso. Não é seu caso, tenha juízo.

Existem dois tipos de queda de escada: o da escada perigosa e o da escada segura. Prefiro o último. Por quê? Porque é o mais fácil, o menos arriscado? Sim mas não é pelo que você está pensando. A escada perigosa é descarada: chama para a queda. Alguém que caia da escada que o pedreiro equilibrou na parede sem reboco para chegar ao teto cai, ora essa, porque é a coisa mais normal cair daí. Não faz nenhuma vantagem. E eu quero fazer vantagem. É diferente da escada do shopping, cheia de badulaques de segurança, antiderrapantes, faixas amarelas, avisos e luzinhas de orientação. Nada ali está para nossa queda. Quer dizer, na aparência. Na real a simples colocação da escada já é para você cair. Quem não quer que você caia, com tanta terra sem edificação no mundo, não vai colocar um piso em cima do outro, pelo menos não sem obrigar você a ir de elevador. Escada não é para subir: é para tropeçar na subida; não é para descer: é para despencar na descida.

Só que eu não fujo delas. Subo e desço desprezando os elevadores e pouco me valendo das rampas, que às vezes enfrento quando me parecem escorregadias. Ir por escada é minha opção mais comum. Nem sempre caio. É preciso ter um propósito na queda, e isso tem a ver quase sempre com a oportunidade. Caio mais que nada para me levantar. Já os escorregões que não me levam ao piso servem mais para bombear adrenalina e manter a atenção no nível máximo de alerta. Na escada rolante, prefiro cair para trás quando o degrau cresce da altura de rente ao piso para seu tamanho normal. Nessa hora coloco o pé bem na linha que separa dois degraus e espero, sem me segurar em nada, que de repente a pequena superfície se eleve e me desequilibre. Caio para trás ao mesmo tempo que me jogo na direção do corrimão do lado esquerdo, o que aumenta o risco de tropeçar em alguém que por ali possa vir me ultrapassando.

Muitas vezes me amparam sob o som do grito de cuidado meio histérico das pessoas boas e preocupadas com o próximo, no caso, eu. Me jogo mais e tento forçar meu socorredor para trás de forma que possamos cair os dois. Claro que tenho sido muito bem-sucedido grande parte das vezes. Não é que goste muito de derrubar senhoras de meia-idade em diante mas derrubo. A verdade é que não confiro primeiro quem pode ser levado na queda. Só às vezes, quando calha de eu ver de soslaio meu vizinho de escada, sei quem vai levar o encontrão. Nas outras ocasiões, jogo com o acaso. Em geral só aborto a jogada quando percebo que é uma criança, que não derrubo.

Acho divertido, embora muito vulgar, a queda em dominó, aquela que leva um grupo superior a três ao chão da escada rolante. É preciso muita técnica porque a pessoa que derrubo com meu corpo precisa ser empurrada no ângulo correto para derrubar a seguinte. E isso tudo preciso decidir numa fração de segundo e em simples golpe de vista. Durante o movimento de queda, preciso calcular o melhor ponto em que devo tocar meu vizinho do lado ou de trás de modo que ele caia da maneira correta sobre o terceiro. Não se consegue fazer uma coisa dessas de uma hora para outra.

O mais complicado é que não dá para treinar queda com várias simulações no mesmo lugar. Chamaria a atenção, o que um profissional como eu não quer de jeito nenhum. Em alguns dias, tive de ir a quatro ou cinco shoppings seguidos para não dar na vista e continuar o treinamento.

Penso não ser presunçoso dizer que me fiz mais por mim que pelos outros. Mas é também de muita justiça registrar que, antes de ir por mim, andei com outros. Fiquei um tempo de alegria e descobertas como integrante de um grupo de parkour. Busquei conhecimento lá onde ele estivesse. Sei manejar com quase maestria a shinai do kendo, fiz-me mestre em kyudo e yabusame mas o que a gente sábia e paciente da terra das cerejeiras me deu de mais valioso foram as diversas técnicas de ukemi waza, de controle das quedas.

Domino as malandragens de zempo ukemi, para a frente, ushiro ukemi, para trás, e yoko ukemi, para os lados, porém minhas preferidas são as técnicas de chokusetsu ukemi, aquelas em que me jogo direto. Pratico todas nas escadas embora me destaque mais nas chokusetsu, como poderão imaginar. Foram dias de extrema delícia aqueles em que fui crescendo em apuro técnico no tobi ukemi, combinação de salto e queda, o mais perto em tecnologia alheia do que consegui chegar por mim mesmo.

É, passei quase todas as férias dos últimos onze anos no Japão, e não pode ser uma surpresa eu hoje cair como caio. Não despenco: voo e pouso como e onde quero. Às vezes uma mariposa, às vezes um carcará carregando no bico um porco queixada; às vezes apenas toco como pluma, outras desabo como tronco de angelim-vermelho.

II

Escorreguei por acidente alguma vez lá atrás porém inaugurei a vida de caidor na escadaria vetusta e maternal da Igreja de Santa Efigênia, no Alto da Cruz, em Ouro Preto. Não podia ter escolhido melhor cenário para a estreia. Havia muita gente, era um domingo. Eu ainda não era mestre na arte e apelei para artifícios ingênuos, que hoje me envergonhariam se flagrado no uso deles. Levei no bolso um frasco pequeno com óleo queimado. Antes de começar a subir, abri o frasco e cheirei o líquido não sei para quê. Talvez fosse uma espécie de conferência, hoje não sei dizer. Tampei o vidrinho outra vez e fui. Entrei na igreja, me ajoelhei e rezei por alguns minutos, também não me lembro quantos. Olhei sem atenção a igreja (outra hora voltaria para a conhecer) e saí com o propósito daquilo que me tinha trazido até ali. Ao cruzar a porta, me dirigi para a direita, me encostei na parede próximo ao guarda-corpo da escada, retirei o frasco com cuidado, olhando para os lados, descalcei o pé direito do sapato e derramei no solado dele boa parte do óleo. Fui com o sapato na mão até o início dos degraus e tomei o rumo de mais ou menos a parte central da escadaria. Parei e me agachei de modo que o casaco fizesse um arco de proteção contra os olhares curiosos que porventura estivessem voltados para minha figura. Com jeito derramei o restante do óleo no degrau seguinte para baixo, calcei o sapato, guardei o frasco vazio de volta no bolso, me levantei, dei um passo, escorreguei e caí de cara para o chão. Ouvi apenas um grito, me pareceu de uma senhora lá na frente. Os pelos se eriçaram de emoção quando dei minha primeira pirueta no ar para cair com descuido planejado numa escada pública. Ereto. Sem um arranhão e orgulhoso, disse alguns *não foi nada, obrigado* para a gentileza de inúmeras boas e samaritanas almas que acorreram em meu socorro e fiz o restante da descida com um meio sorriso na cara feliz e satisfeita de quem estava ali iniciando uma carreira promissora.

III

Gosto, como imagino que imaginem, de acrescentar dramaticidade histriônica a algumas quedas. No meio de muita gente são minhas preferidas. Duas ou três vezes já cometi a delícia de cair com uma braçada de taças de cristal. Conto para que vejam que construo com naturalidade as circunstâncias ou do contrário ficaria muito evidente minha vontade de aparecer ou de destacar meus happenings de cair em escadas. Narro um caso. Comprei doze, sim, doze taças de cristal fino numa loja de shopping. Me entregaram todas bem embaladas, claro, mas dei um jeito nisso na praça de alimentação. Tirei o plástico bolha de volta delas e o coloquei no fundo da embalagem. Acomodei as quatro tampas da caixa dobradas com cuidado para dentro e aí arrumei as taças soltas na caixa aberta. É possível que algumas pessoas tenham estranhado o que eu estava fazendo, o que ia de forma flagrante contra o mais mínimo bom senso.

Dali a pouco, eu estaria só. As mãos começaram a suar só de imaginar o que se passaria dali a pouco, e por isso mesmo eu não podia ir naquele instante. Dominei a ansiedade, respirei fundo várias vezes e, quando senti que estava no comando das emoções, rumei para o hall das escadas rolantes. Fiz hora até escolher um momento de escada cheia. Fui. Pisei o primeiro degrau e levei o outro pé com segurança. Fiquei em equilíbrio e aguardei uns segundos. Quando o casal chegou bem atrás de mim e ia começar a ultrapassar pela esquerda, me joguei. O pé direito deu um impulso saltado, quase de gato, e me atirei centímetros para cima e para o lado. Os braços se abriram como faria um bailarino.

A caixa subiu, antes dela as taças em movimento centrífugo, uma coisa linda de ver. Os raios de sol que entravam pela claraboia reverberaram no cristal e era possível ver faíscas douradas saindo das taças. Segurei o sorriso, fechei os olhos e me joguei mais ainda no rumo dos vizinhos de degrau. E aí esteve uma de minhas mais divinas obras-primas. Rodopiei no ar, fechei os braços e passei no meio dos dois, sem tocar nada nem ninguém. Em meio aos gritos de espanto e desespero dos espectadores, qual não foi a surpresa geral quando me viram aterrissar, ileso, aprumado e garboso, no seguinte degrau inferior.

Verdade que não mantive comigo a caixa nem as taças, o que era mesmo o objetivo. Escutei com extremo gozo os cacos se espalhando pelo piso de pedra abaixo de nós. Tive o ímpeto de fazer uma mesura, não para eles, para os aplausos que não vieram, mas para mim mesmo, para meus mestres, para minha dedicação, para minha trajetória de sacrifício e trabalho rigoroso que para aquilo me havia conduzido em anos de autodisciplina.

IV

Nem quero falar do nível de dificuldade porque o balé que resultou da vez que vou contar agora quase não pôde ser encenado. É que estive perto de virar uma celebridade infratora, ainda que momentânea, dada a grandiosidade do cenário, o que aumentava em proporção a gravidade do delito que cometi. Quase parei nas notas policiais do jornal porque precisei ignorar barreira física, como um reles vândalo, para poder completar minha obra.

Não foi a primeira experiência no exterior mas foi uma das memoráveis. Munique. Tinha estudado muito as fotos, tinha feito muitas simulações imaginárias embora soubesse que o imprevisível é o que dá o arremate de grandeza a minhas quedas. Quer dizer, eu sabia que o estudo atento do cenário e os ensaios a distância não poderiam garantir nem mesmo a eficácia de completar a tarefa, para a qual tinha de contar com a participação protagonística do acaso da improvisação. Nem falo de atingir o nível ideal de sucesso na tarefa, que é ainda mais independente de meus cuidados.

Em Munique fui conhecer o desafio. As falsas duas escadas em espiral entrelaçadas eram de uma beleza tão elegante que quase se passou naquele momento o que quase nunca se passa: a contemplação da arquitetura antes das operações de cálculo e projeção no palco para a audácia das manobras. Subi e desci em pensamento, experimentando os detalhes, e pude mais tarde no hotel fechar na cabeça o que iria fazer enfim ao vivo. Nada quis ver da cidade aquele dia. Apenas jantei no hotel e repassei o planejamento da queda. Dormi logo e é bastante provável que não tenha tido nenhum sonho importante pois no outro dia estava inteiro e tão bem-disposto que cantei no banheiro, o que para mim é muito bom sinal.

Quando cheguei ao pátio da empresa dona da maravilha arquitetônica, o trânsito de pessoas era pequeno. Fiz um pouco de hora por ali. Como as condições de público não melhorassem, decidi ir em frente ainda que para aquela pequena audiência. A escada dupla é uma escultura, não leva a lugar nenhum, mas por isso mesmo é que a encarar era uma experiência que precisava entrar em meu currículo. Também havia outra característica imperdível: não era permitido subir nela.

Pronto: não só subiria como cairia dela. Seria transgressor e vítima, uma espécie assim de consagração completa. Venci as correntes que impediam o ingresso na escada com uma manobra de balé. Essa foi minha infração mal-educada. Já caí no segundo degrau à direita da pequena plataforma de entrada. Talvez eu tivesse subido 25 ou 28 degraus quando iniciei a manobra. Com a mão direita, agarrei o corrimão e fiz uma alavanca que me permitiu dar duas voltas com o corpo suspenso e em seguida voar para o corrimão esquerdo, agarrá-lo com a outra mão e fazer o giro no ar na direção oposta à do primeiro e cair de pé em fingido desequilíbrio três degraus para cima. Antes que as forças da repressão pudessem pensar em reagir, eu já estava saindo do prédio em total arrebatamento.

V

Antes daí havia estado nas Muralhas da China. Você pode não acreditar contudo saí de casa com o propósito de provocar um incidente que me poderia trazer mais que uma simples dor de cabeça. Discuti de modo indireto as condições objetivas com guias locais e examinei bem fotos e mapas, de maneira que acabei definindo com exatidão onde iria ser a performance: num trecho particular em que há uma escadaria que leva a uma plataforma quadrada e murada, em seguida outra escadaria que leva a um forte, a partir do qual a construção faz um ângulo de noventa graus e toma a direita. Defini a cidade mais próxima, para onde viajaria, onde me hospedar e com quem iria transitar pelas Muralhas. Óbvio que não confessei minha intenção mas queria ter alguém ocupado em particular comigo para a eventualidade de precisar de socorro médico e rápido translado a um hospital. Não ficou barato.

Subi o trecho até a plataforma quadrada e voltei apesar de estar contra o fluxo de visitantes. Na subida calculei duas coisas: a distância a partir da parede de pedra, para não bater em nenhuma saliência, e qual seria a melhor árvore em que me pendurar lá embaixo. Nunca a adrenalina chacoalhou tanto. Era outono e vi que a arvorezinha de folhas avermelhadas estava num local livre de outros galhos, de maneira que me parecia um ótimo lugar para aterrissar. A parede era também quase reta até o chão lá embaixo. Exatos nove degraus antes da plataforma era o lugar do impulso. Pisei com o pé direito, apoiei as duas mãos no muro e fiz a pirueta para a direita em rápida velocidade. Subi com pernas fechadas e braços pegados ao corpo sem tirar os olhos da árvore vermelha. Na descida ainda houve tempo e espaço para um giro antes de as duas mãos agarrarem o galho, que reclamou com um gemido e um flexionar nervoso no rumo do chão quase sem folhas. As pessoas gritaram em várias línguas atrás de mim, e eu sorria o maior sorriso inquieto da vida. Parece que os guardas irromperam ali do tronco da árvore vermelha porque antes que eu pulasse no chão já estava agarrado por eles. Claro que me arranhei bastante e tive as roupas rasgadas em vários lugares. Ao contrário do que imaginava, não precisei de hospital. Meu guia perdeu a serenidade. Senti que ficou confuso entre lamentar o acidente ou me acusar de premeditação irresponsável. Tenho certeza de que todos ali tiveram certeza de que tinha sido uma queda voluntária porém o absurdo do risco era ao mesmo tempo a garantia da presunção de inocência que me economizou problemas maiores com as autoridades chinesas.

VI

Meu ofício é muito bom para a saúde mental, como podem ver, mas é uma responsabilidade. Não sou um mero acidentado, que acaba no hospital ou gessado ou na mesa recriminadora da radiografia. Minha queda é sublimidade, no movimento, na simbologia e no estado de espírito que a antecede e sucede. Quando caio, faço arte. O conjunto formado pela plástica do corpo no ar, pelo estalo na consciência e pela paz do depois não pode encontrar similar nem paralelo. Você nunca nem chegou perto, sinto dizer. Não quero posar de superior. Ao contrário, lamento por você e por todos.

Faz já algum tempo, aliás, que cheguei ao máximo que podia sonhar como caidor de escada. Já fui desenganado pelos mestres orientais porque dizem nada mais poder fazer por mim. Acredito. Agora é comigo: posso seguir pelo prazer pessoal de experimentar de novo e outra vez a sensação de plenitude ou é chegada a hora de entender que nada mais me resta nesta vida. Posso muito mas a escada já me entregou todos os seus caprichos.

2
Juan às onze

SÃO ONZE DA NOITE. Está tudo muito quieto quando começa o canhoneio. Juan se põe detrás da casa e no princípio não tem como ficar em posição de tiro. As balas zunem longe dele, como provam o barulho e os mortais vaga-lumes que corrompem a escuridão. As costas apoiadas na parede, Juan pensa ver um vulto do lado de lá e atira. Não sabe dizer se um dos gritos na confusão seria do alvo que mirou. Mas bem que é provável porque Juan é um dos melhores atiradores entre seus camaradas.

De onde vinha a habilidade? Difícil dizer porque ele fez de tudo antes de ser soldado da insensatez, antes de receber uma arma para assustar no tiro não *macacos* brasileiros ou *curepas* argentinos mas – o que é ainda mais irracional – compatriotas paraguaios. Foi agricultor, ajudante de pedreiro, carregador, faxineiro, guarda-noturno. Nada lhe tinha dado mais que vida miserável.

Por isso Juan não escolheu o lado na terrível guerra civil de 1947 – Juan elegeu o soldo, o uniforme e a comida. Justificativas para mandar suas balas havia. Quem quisesse saber direitinho não perguntasse a ele, que era sem traquejo em filosofia, mas perguntasse ao comandante, que tinha um discurso danado de firme e convincente sobre por que este lado da briga era o correto e justo.

Aquele dia Juan não estava concentrado e quase bocejou. Deu uma sacudidela na cabeça para espantar o perigoso banzo e pôs atenção na peleja. Atirou umas vezes mais, embora sem arriscar-se em demasia, e percebeu que uma das figuras do lado de lá acabava de passar perto dele indo para o mato vizinho. Juan não se sentiu confortável em não cumprir o dever de ir atrás do inimigo e foi.

Sem fazer ruído que o denunciasse, embrenhou-se na espinheira na cola do fugitivo. Calculou onde o outro ia passar, tomou um atalho e esperou. O inimigo entrou na linha de visão. Juan podia atirar contudo resolveu capturá-lo. A mão apertou com mais força o fuzil. Foi o outro chegar mais perto, e Juan saltar com a coronha da arma na vanguarda do corpo e acertar a cabeça do inimigo, que caiu com um gemido. Juan girou o fuzil e ameaçou sem palavras. O outro se deu conta da situação e não reagiu. De pé e com as mãos na cabeça, o inimigo foi empurrado pelo cano do fuzil de Juan. Iam de volta à batalha.

Na primeira clareira, a luz fraca que vinha do ajuntamento de casas mostrou a cara do outro, e Juan teve um susto. Não era possível. Com tanta gente do lado contrário, tinha que ser justo esse sujeito a cota de adversário que lhe tocava? "Você?", admirou-se também o outro. "Que merda", disseram ambos. Juan cutucou com mais vontade as costas do adversário e inimigo e comentou: "Azar o seu. Estou no controle e vou ter o prazer de ajustar nossas contas pendentes. Nunca mais, filho da puta, vai poder repetir suas ações infames. E quer saber? Não vamos voltar para lá. Vamos, ao contrário, para o meio do mato. É aí que vou dar o que você merece".

O outro obedeceu, não sem antes encarar Juan e passar recibo das ameaças: "Faça mas faça bem feito porque esta guerra não vai terminar com nós dois vivos. Não vai não". Juan deu-lhe uma pancada forte e imprimiu um ritmo de quase corrida à marcha.

Na beira do riacho, mais ou menos dois quilômetros a leste na mata, os dois pararam. Juan amarrou o inimigo e lhe disse: "Sabe o que vou fazer com você? *Voy a despellejarte, hijo de una gran puta!*" Claro que o outro sabia ou imaginava o tormento de sentir em vida a pele ser separada da carne sem anestesia. Arrepiou-se de terror. Não estava esperando um ajuste com essa proporção. Pelas contas que fazia, a dívida não era tanta que justificasse a barbárie. Todavia Juan parecia louco, e o melhor era não o desafiar.

E o outro se humilhou: implorou, apelou, falou no nome de Deus e da família. Não adiantou. Juan afiou a faca e sentou-se numa pedra para começar a trabalhar no corpo imobilizado. Foi o outro gritar um último "Não!" e aparecer um tropel de gente vindo do lado de onde se desenrolava a parte menos cruel do conflito. Juan pulou para o lado, e os inimigos – porque eram inimigos os que vinham fugindo – o puseram para correr e salvaram o quase cordeiro da morte tormentosa.

SÃO ONZE DA NOITE. A tropa de Juan avança no assalto silencioso contra o inimigo distraído em redor de uma fogueira mínima, tentativa de não chamar a atenção na noite escura. Juan não está tenso. Tudo indica que será uma investida fácil. Aproximam-se em semicírculo, baioneta pronta. A manobra é rápida, os adversários não são capazes de dizer ou fazer nada. Apenas duas mortes e uma meia dúzia de feridos, um quase nada na habitual carnificina.

Os capturados são em torno de vinte, Juan avalia. São colocados sentados, mãos na cabeça, sob a mira das sentinelas. O comandante do destacamento vencedor quer "dar uma lição" e "assustar" os contrários. "Que a notícia circule e deixe essa gente sem apetite para encontrar conosco." Resolve que tem que ser algo inesquecível. O *despellejamiento* é a opção mais natural, concluem. O comandante define o executor e a vítima.

O executor não é Juan, e a vítima é o *outro*. De novo o outro? Desta vez Juan não quer perder a oportunidade. Apela ao comandante para ser o executor, o comandante estranha, os camaradas estranham. "É pessoal", explica o outro com um sorriso sem cautela. O executor antes indicado não abre mão, o comandante está cansado para interferir na bobagem.

Juan se afasta aborrecido e parece encerrar o assunto mas volta disposto a tudo. Trocam golpes, ele e o executor indicado, até que o restante da tropa interfere. A confusão é oportuna para o prisioneiro, que escapa.

SÃO ONZE DA NOITE. O destacamento de Juan sobe o morro. São nove soldados, dez com o comandante. No meio da seguinte descida, o grupo é metralhado e se joga no chão. Na verdade os corpos caem, dois deles sobre Juan, que escapa ileso das balas. Os inimigos se aproximam, ele se finge de morto debaixo dos dois cadáveres. Os inimigos se vão.

Depois de um tempo, Juan se levanta, assegura-se de que todos estão mesmo mortos e retorna para as linhas de seu lado na guerra. Terá que andar pelo menos um dia e meio, calcula. Meia hora depois, ouve um movimento no mato à frente e se esconde. Vem alguém andando com cuidado. Juan prepara o bote. Agarra o vulto por trás e lhe toma a arma, com a qual golpeia.

O caído, santa já rotineira coincidência, é o *outro*. Juan sorri, o outro está gelado. Juan repete o ritual da vez anterior. Amarrado, o outro enfim vai encontrar o que merece. Só que Juan não tem baioneta, nem faca, nem facão, nem qualquer instrumento apropriado para o *despellejamiento*. O adversário também não. "Maldição", grita Juan. O outro gargalha e ribomba: "Seja homem e me libere. Não é para ser desta vez, não vê?" Juan vê e é obrigado a concordar de má vontade com o amaldiçoado inimigo. "Some", grita sem se virar. O mato engole o outro, Juan retoma o caminho em busca dos camaradas.

SÃO ONZE DA NOITE. Juan está de repouso por causa de um ferimento no ombro quando a tropa retorna de uma refrega com o inimigo. Fizeram prisioneiros, e o *outro* é um deles. Juan não quer assim, mesmo que desta vez receba a oferta do próprio comandante. Não pode ser uma doação; tem que ser uma conquista dele, Juan, uma vitória pessoal dele, Juan, ou não é um justiçamento – não passa de vingança, e isso Juan sem dúvida não quer. O comandante não pode entender mas Juan se humilha, implora, fala no nome de Deus e da família. No final consegue a libertação do outro. "Vamos nos encontrar do jeito certo", conclui Juan no cara a cara com o inimigo.

SÃO ONZE DA NOITE. Chove muito, e Juan sente a água descer pelo meio da roupa, em cima da pele. As botas estão cheias d'água; os ossos, gelados. Juan treme, o que se passa também com todos os camaradas acuados ali naquela garganta cercada de inimigos. Todos vivem a expectativa do fogo. Mais uma vez, a loteria dos corpos e das balas dirá em breve sua premiação.

Era para ser, só que desta vez não será. "A guerra acabou", alguém dá a notícia, alguém grita, também e em especial, ao outro bando, aos do lado de lá. Há mais, muitos gritos de alegria mais. Nos primeiros minutos, ninguém se move da posição de alerta máximo. Aos poucos o desejo prefere acreditar sem reserva na notícia improvável.

Começa a desmobilização. Os inimigos se dão a ver sem cuidados, se cruzam sem desconfiança, alguns se reconhecem e se saúdam, outros até se abraçam. Há choro disfarçado pela feliz escuridão. O comandante discursa para soldados

dos dois lados enfim misturados como gente da mesma nação. Obliterado o dom de premonição, ali ninguém é capaz de enxergar a escuridão ainda maior da paz sangrenta que virá. Terríveis tempos de paz.

Juan se sente aturdido com a recém-nascida liberdade de não ter que morrer, como talvez se sintam todos. Põe ordem na cabeça, confere a geografia, define o rumo de casa e prepara-se para ir embora. No começo anda pelo mato na companhia de vários soldados, depois está só porque os demais não lhe puderam, ou não quiseram, acompanhar o passo apressado. Juan quer chegar logo a algum lugar conhecido.

SÃO ONZE DA NOITE. Juan já está caminhando para casa há muitas horas. Não parou, não comeu, não tomou água. Quer chegar. Por isso enfrenta os mosquitos e o mato com a mesma indiferença com que ignora as necessidades do corpo maltratado.

Entre o conforto e a economia de tempo, escolhe a segunda. Quer chegar logo. Podia ter encontrado caminho menos custoso, se o procurasse, mas não está buscando facilidade. Nem hesita quando tem de enfrentar no escuro as águas desconhecidas que ouve correr no fim da descida. Vê de repente a luz vermelha de um estranho farol e resolve orientar-se por ela na travessia da correnteza que quase o desequilibra. Inclina-se para a frente, abre os braços e firma as passadas como um malabarista na corda do circo. Cruza o riacho com água pela canela e encontra na margem de lá o *outro*, que fuma sentado no barranco lamacento como se o esperasse.

Juan está cansado da guerra mas, que fazer?, aquela guerra era distinta, declarada muito antes e ainda inconclusa. Reduz o outro. Desta vez não haverá dissuasão nem escape possível. Juan não permitirá.

O inimigo já está amarrado, e Juan já está com a faca afiada e empunhada para o início da operação. Por onde se começa um *despellejamiento*?, se pergunta. Pelo dedo mindinho da mão esquerda, decide. Toma a mão do outro, palma para cima. O outro não diz palavra e mira os olhos de Juan, não a faca. Juan responde: "Pensa que não sei que você acha que é inocente? Que não merece castigo mais que qualquer outro? Que seu pecado é não o que sabemos que cometeu mas apenas o original, aquele da maçã do Éden, do qual ninguém foge e pelo qual ninguém é por ação responsável?"

O outro, nada. "Ainda que fosse. Azar o seu por ter cruzado meu caminho e me desafiado, me provocado, me obrigado a assumir a responsabilidade do justiçamento para corrigir a justiça que tanto tarda como falha. É você ou minha saúde mental, não tenho escolha." Os olhos do outro nos olhos de Juan. "E também não me comove essa história de bestialidade do *despellejamiento*, da desnecessidade da dor. Não me interessa discutir a proporcionalidade do castigo porque a dor provocada pelo que preciso punir você é incalculável. Quanto vale a dor que você me infligiu, você tem ideia, alguém pode ter ideia? Então como falar em proporção? Ou, se for para falar nisso, talvez um só *despellejamiento* seja pouco no seu caso."

Juan pede perdão em silêncio a São Bartolomeu e roga que não seja anotada em sua conta de ajuste com os Céus a blasfêmia de copiar-lhe o suplício. Pensa no alfange separando a pele do apóstolo e sobe-lhe um arrepio na direção dos cabelos da cabeça, o mesmo arrepio daquele dia na aula de catecismo quando o padre contou a história apavorante que ele agora está prestes a reencenar. Com a diferença brutal, seja dito, de que o *despellejamiento* de cá não se pode comparar àquele do norte bárbaro do Cáucaso dos tempos inaugurais do Novo Testamento. Ali foi uma reação herética à Palavra; aqui será uma simples antecipação da justiça divina, convence-se.

Ele sua, tem a vista embaçada, o coração a galope e a cabeça pulsando. Sente a vertigem de num segundo subir vazando a atmosfera e voltar descendo até fincar os pés na terra desolada do altar do sacrifício. Juan está em aflição.

Pode ser que o adversário esteja crispado, que a pulsação tenha se acelerado mas nada disso se percebe. "Os dois sabemos que você merece. Os dois temos que saber." Juan olha bem o outro, e o outro não evita a mirada de Juan. "Quer saber mais? Você tem que ser homem de suportar o que merece", diz Juan enquanto corta as correias que amarram o outro. "Eu não terei vencido você se continuar precisando das correias." O outro não responde nem pisca; Juan pisa a quina do precipício.

Juan vira as costas, afasta-se um pouco. O outro não foge. Juan não acredita. *"Hijo de puta"* – não chega a dizer. "Sei que isso será um nada na ordem do mundo no entanto é o que resolvi que quero. Dê-me o braço", comanda Juan. O outro deposita os dedos abertos na mão de Juan. Juan quase recua. "Não pense que sou covarde, que tenho medo da consciência. Que será do Universo sem uma praga como você senão um mundo melhor?"

Soltou o outro, afastou-se mais que da outra vez, colocou-se de costas, fechou os olhos e esperou. Guardou a faca no bolso e esperou. Abriu os olhos e olhou para o céu sem estrelas e esperou. Rezou o que sabia, inventou atos de contrição e esperou. Teve uma saudade arrasadora, pela qual maldisse o condenado, mas esperou. Depois de tudo ainda esperou um pouco mais, voltou-se, e o outro, *hijo de una gran puta*, ainda estava ali.

3
Fui

I

A história começou há uns quase três meses, pode até ser que um pouco mais. O certo é que não pode ser contada segundo a cronologia porque só fomos entender o começo quando a história já ia bem para lá da metade. Saltemos então no tempo que depois a gente retoma. Neste momento, no canto do ateliê de Andrex, assim chamado pela razão que saberemos mais tarde, é possível ver os cinco dedos, a planta e o dorso do pé. Um pé em bronze. É possível ver apesar de a peça não chamar a atenção, sequer do artista, e ninguém perguntar acerca dela. Fica ali.

Pensando bem, talvez melhor voltar para antes do começo, quando ainda não se tinha nem mesmo a noção de que um dia a história começaria. Acho que isso pode facilitar a compreensão. Naquela época o menino vivia no interior, numa casa sem conforto pintada de amarelo. Com paredes esburacadas por algumas janelas e três portas, a da frente, a do lado esquerdo e a dos fundos, os seis cômodos fechados em retângulo no meio da quadra desabitada abrigavam a família Amorim no formato inusual de pai, mãe e um filho. Nenhuma das casas da cidade, ou pelo menos muito poucas para chegarem a fazer diferença na estatística, contava apenas uma criança. A família padrão compunha-se de pelo menos quatro filhos. Talvez por isso mesmo é que Pierre pôde inventar de fazer coisas fora do script normal dos contemporâneos. Por exemplo, foi mais cedo que os outros de sua idade estudar fora, na capital do estado. Não só isso: saiu de uma experiência esquecível numa peça no colégio para um curso de teatro à tarde, das 15h às 17h, toda quarta-feira. A mãe incentivava, e o pai tolerava. O ator foi se completando até que, passados os dezoito aniversários, mudou-se para o Rio de Janeiro. Ainda que sem levar recomendação, sabia que ali teria uma carreira que o consagraria. Era uma certeza de sucesso que vinha desde bem antes.

Agora sim podemos voltar ao pé em bronze e sua invisibilidade. É – quer dizer, foi – uma encomenda. Andrex recebeu este nome por ser considerado no auge da fama um artista além do tempo, um prafrentex, como a gíria da época coroava os desbravadores. O André original virou Andrex para sempre. Aliás, por isso mesmo tinha sido o escultor que apareceu na cabeça de Pierre quando surgiu a ideia da estátua. Afinal era moderno e conhecido, como ele, Pierre, merecia para a tarefa de sua imortalização no campo da estatuária.

Outra vez é melhor colocar um pouco de ordem neste relato. Retomemos do ponto em que o projeto de ator chega ao Rio de Janeiro. Viveu todos os clichês dos migrantes aventureiros. Fez de tudo, morou em todos os lugares, escorregou aqui e ali, mas sobreviveu para contar sem descanso a história do sucesso de sua vida. Relativo sucesso, na verdade. Fez escola de teatro de novo, mais para ser visto que para aprender, até porque tinha certeza de que nada mais havia a aprimorar em técnica e preparo prático. Não chegou a destacar-se tanto assim, "as injustiças da vida", embora a chateação do curso noturno tenha aberto a porta que ele tanto sonhava em cruzar.

Foi mandado com outros dois colegas a uma seleção para a peça que estrearia em dois meses.

Não foi o selecionado. De todo modo, ficou por ali convivendo com o pessoal durante o tempo do ensaio. O colega faria um papel secundário, que Pierre nas vésperas da estreia dominava. Sabia as falas e mesmo as modificações de respiração e entonação que ele faria se fosse o ator, providências que valorizariam ainda mais as poucas entradas em cena.

Dois dias para o primeiro espetáculo, saiu do ensaio pela rua transversal por onde alcançava o ponto do ônibus para casa. Daquela vez o ex-colega, por alguma insignificante razão, veio também por ali, viu Pierre e ofereceu carona. Agradeceu e entrou. Como não conhecia os caminhos de automóvel para casa, Pierre deixou a definição do trajeto com o amigo, que tomou um atalho ainda menos frequentado aquela noite escura pela ameaça de chuva. O carro deu problema num trecho comercial, o ex-colega pediu a Pierre que assumisse o lugar do motorista para algumas manobras necessárias que conhecia bem por conta dos enroscos anteriores. Pierre não era motorista contudo não queria confessar a incapacidade. Foi fazendo o que lhe mandava o outro apesar da insegurança. Atendeu mal a um comando e acelerou sobre o colega, que ficou embaixo do carro. Morto, descobriu Pierre.

Apavorado, olhou ao redor e não viu nada. Os prédios comerciais estavam todos sem ninguém. Nem pensou muito e fugiu. Apavorado, fez e refez caminhos para chegar a sua casa a pé apenas de madrugada. Não teve tanto medo da rua quanto peso da morte. "Acidente", repetia-se, "só um acidente." Sabia, no entanto, que já não seria fácil convencer alguém disso se tivesse permanecido ao lado do corpo, que dirá agora que fugiu. Tinha ou queria ter um único consolo: era quase impossível que alguém tivesse visto os dois juntos aquela noite.

Dormiu algumas horas e levantou-se a tempo de não faltar ao trabalho na lanchonete. A muita custa, não chamou a atenção de ninguém. À noite foi ao ensaio. Ninguém sabia o que tinha ocorrido com o ex-colega até a hora da chegada dele ao teatro. Transcorridos os minutos necessários para decretar-se a situação de atraso, alguém ligou e do outro lado um parente contou a desgraça. Não sabiam explicar a morte, a polícia havia sido chamada, e era só isso. Sem condição de manter o ensaio, foram todos para o bar ao lado. Tomaram mais que o razoável e acabaram por chegar à conclusão de que Pierre seria a salvação. "Acha que conseguiria? Você é ator e não perdeu um só ensaio. Que acha?"

Ele concordou como um tímido de verdade o faria. No dia seguinte, brilhou, segundo avaliou pelos sorrisos e pelos tapas nas costas. "Não foi mal", teria dito o diretor se fosse perguntado. Entretanto parece que o público tinha opinião mais favorável e bateu muitas palmas entusiasmadas todos os dias para Pierre. Em sua primeira aparição no teatro carioca, ele foi mesmo um sucesso.

I I

Pífio ou dentro da mais normal normalidade, o sucesso de Pierre foi uma felicidade fugaz. No entanto ele não sumiu no anonimato. Só não permaneceu no estrelato, o que parece ser ainda pior. Pelo menos para ele, foi. Ficou como um coadjuvante sempre à mão, reconhecido na rua, convidado para festas e eventos, meteu no currículo dezenas de atuações e foi tendo uma vida de pessoa pública. "As injustiças da vida", os convites foram rareando embora ele nunca perdesse o domínio das circunstâncias. Soube manter um padrão de vida suficiente para defender a dignidade, o que é um sonho para a maioria.

Mas não para o artista que ele estava certo de ser. Isto sim era uma luta diária: emudecer a angústia de não ter tido o reconhecimento merecido e, pior, de ir vendo as novas gerações perdendo até as referências sem brilho dos papéis que tinha representado no teatro, na TV e no cinema. Nem sempre funcionavam as manobras de segurar por negação o sentimento de vítima da injustiça. A perseguição da vida contra ele era tamanha que estava chegando ao nível de nunca mais ser reconhecido na rua e no restaurante, nem mesmo nas raras ocasiões quando a tela da parede estivesse exibindo uma das obras em que ele atuara. Chegava a fraquezas de desconsolo como passar diante da tela nos momentos em que sua imagem iria aparecer. Uma só vez que fosse, nem uma só vez alguém gritou a surpresa do reconhecimento. Nada. E isso chegava muito perto do gatilho do desespero.

Até que um toque de telefone foi o clarim do resgate. Não reconhecia o número mas atendeu. Um fã. Sim, um fã que, aleluia, não apenas sabia quem ele era. Não só isso. Tinha visto sua atuação naquela famosa primeira peça no Rio de Janeiro. Tinha sido "testemunha de seu mais genuíno e merecido sucesso". Arrepiou-se, chorou e aceitou o convite para participar de um episódio no podcast do fã. Houve mensagens de reconhecimento, aplausos, cobranças aos realizadores para que houvesse seu aproveitamento como o grande ator que ele era, recebeu telefonemas com promessas, chegou a ir a umas duas reuniões, ficaram de chamar, e ninguém chamou. Aí, como se imaginará, foi ainda pior represar a angústia.

Não podia ser que a chegada do fã e do podcast acabasse dessa forma. Ele não podia deixar que um equívoco ou um descontrole burocrático tivesse interrompido sua reentrada na carreira. Ligou para o fã, que prometeu fazer alguma coisa. Passou-se uma semana. Foi à casa dele. Tinha feito contatos, disse a Pierre, e ainda não tinha tido os retornos. Pierre nem precisava dar-se ao incômodo de vir ali: o fã iria ligar assim que tivesse algo. Não ligou. Duas semanas. Pierre voltou à casa do fã mas não teve coragem de apertar a campainha. Mais duas semanas. Foi e agora apertou. O fã não estava, Pierre insistiu com a pessoa do interfone que precisava falar com ele. A consulta da pessoa ao fã por telefone resultou num convite para Pierre subir e esperar. O fã não prometia a hora da chegada e até nem estava esperando que Pierre aceitasse o convite nada mais que educado. Pierre sentou-se para esperar. Tomou água e café. Um suco? Sim, aceitou. Comer não queria. A empregada teve que ir embora. O fã disse a ela que fosse e que tentasse antes dissuadir Pierre de continuar esperando. Sem sucesso. O fã rendeu-se até porque sabia que não iria demorar a ir para casa. Mas demorou. Quando chegou, Pierre já tinha se recolhido.

No dia seguinte, Pierre elogiou a salada de frutas à mesa do café, e o fã disse que estava esperando uma resposta para o dia. "Ah, sim, que bom." Pierre almoçou um frango da geladeira, que a empregada esquentou. Quando o fã voltou à noite, trouxe uma boa notícia: um dos projetos estava avançando, e Pierre estava nele. "Ah, sim, que bom." Dois dias depois, Pierre cozinhou o próprio almoço, de que a empregada comeu com elogios. Ela guardou a sobra, que Pierre esquentou para o fã à noite. Vieram novos elogios. Na manhã do outro dia, Pierre fez as panquecas do café, na do outro as panquecas e os ovos mexidos. Na do seguinte, também o café e o suco. A partir daí, a empregada cuidou dos demais serviços e deixou de vez a cozinha. Hoje iam saber o dia em que começariam os ensaios. "Ah, sim, que bom." À noite fã e Pierre tomaram vinho e viram dois episódios de uma série na TV. Daí a uns dias, o fã viajou. Pierre despediu-se dele e fechou a porta por dentro. A empregada já tinha ido embora, e Pierre precisou procurar sozinho o pijama do fã que queria usar. Não o encontrou porque talvez estivesse na mala da viagem. Vestiu outro e não gostou tanto da cama porém não podia dormir em outro lugar agora que o dono da casa estava ausente. Era uma questão de lógica. Sem contar a vantagem da TV na parede, o que era um senhor conforto. "Ah, sim, que bom." O fã voltou e não tomou café da manhã porque já havia comido no aeroporto. Ia descansar e só iria trabalhar à tarde. "Ah, sim, que bom."

Bem lá na frente, viram um filme com a derrubada da estátua de um ditador por pessoas eufóricas. Era o que dava estátua por iniciativa da burocracia e não por reconhecimento popular, comentou o fã. Pierre não viu mais o filme e daquela cena pulou direto para a fantasia.

No dia seguinte, ligou para a prefeitura do lugar de onde havia saído tantos anos atrás. Claro que ela sabia quem ele era, disse a atendente, e iria passar já para o secretário. Claro que ele ficava feliz em falar com Pierre, estava ali às ordens, só ordenar. Quem era ele para ordenar, apenas tinha um recado do fã fulano, o recado de que ele, o fã fulano, bancaria o custo com a instalação de uma estátua dele, Pierre, na cidade mas não ficava bem não ser uma iniciativa local. Aliás, já estava sendo um constrangimento o próprio Pierre estar falando do assunto, disse, no entanto não tinha tido escolha por conta da insistência do fã, contou ao secretário. Pierre disse que ouvira do fã a recomendação de que o escultor fosse Andrex. Mais que recomendado, disse, o fã fulano tinha insistido nesse detalhe.

O secretário teria o maior prazer em cuidar do assunto. Daria notícia o mais rápido possível. Deu mesmo. Menos de uma semana depois, havia contatado Andrex em nome da prefeitura e combinara o trabalho. Pierre deu o endereço para onde encaminhar a conta e à noite deu a notícia ao fã. Que estátua, o fã quis saber quando o próprio telefone tocou e teve de sair por um assunto pessoal. Dormiu fora. No outro dia, Pierre comeu as panquecas em companhia da empregada, que o lembrou das férias que começariam na segunda. "Ah, sim, que bom." Da estátua nunca mais se falou na casa do fã fulano.

III

No ateliê de Andrex, Pierre está imóvel, de pé, com o queixo levantado mas com os olhos voltados para baixo. O escultor desenha, mede, confere, corrige e vai fazendo o modelo do Pierre-gente em argila. Talvez mereça registro que, na manhã seguinte, o fã se aborreceu com Pierre, talvez com algo específico de que não se guardou memória, talvez com sua simples presença intrusiva, vai-se saber.

No início daquela tarde, Andrex deu por pronto o molde de argila. Pediu a presença de Pierre, que sentiu a emoção subir pelas pernas e descer pelos braços ao ver-se no projeto de monumento. O escultor conferiu o molde com o original em pessoa e ficou satisfeito. Quantos dias? Não dava para dizer ainda. Aquela mesma tarde, começou a cópia em gesso. Alguns dias mais, viria a camada de cera. Antes, no entanto, após só um dia mais, a cera tinha uma rachadura discreta na altura do cotovelo direito. Andrex refez a cera. Viajou por uns dias, voltou, e faltava um pedaço de cera entre o pescoço e o umbigo. Refez. Não esperou e encheu logo o interior do molde e aplicou o reforço de uma estrutura externa. E Pierre mostrou-se ao artista, ainda no projeto, com a presença em cena que havia revelado em sua primeira aparição profissional. Estava exuberante, e isso desconcertou um pouco Andrex. Era a excelência do trabalho, pensou em resposta, e sorriu de satisfação.

No dia seguinte, antes de o metal fundido ser derramado no molde, um mínimo deslocamento lateral fez esfarinhar o calcanhar do pé esquerdo apesar do reforço e do cuidado. Andrex soltou o palavrão que não costumava gritar. E o fã adoeceu. Melhorou e piorou. Internou-se. Morreu. Os herdeiros pediram, e Pierre ficou até o dia de entregar a casa ao comprador. Saiu pela porta da frente como quem acabava de guardar a colheita no paiol. Não carregava nada além de um casaco jogado no ombro e andou dali com a certeza de quem além de tudo tinha pressa. Bateu o pó e reintegrou-se de volta a casa no momento mesmo em que Andrex soltava o palavrão do calcanhar esfarinhado.

O escultor recompôs o trabalho na medida necessária para não perder tudo e enfim fez o metal líquido substituir a cera do molde. Algum tempo depois, a estátua estava pronta, inclusive sem as normais pequenas imperfeições do metal, que consumiram um bom tempo do artista.

Andrex cobrou uma parcela do acordado à prefeitura porque o fã fulano não tinha respondido aos contatos. O secretário, que era outro, ia ver com atenção e retornaria. Mas o escultor precisou ligar outras vezes. Nunca foi destratado e menos ainda desiludido nos contatos, que iam gerando outros contatos, que geravam apenas novos contatos.

Era uma quinta-feira quando Andrex ia passando e viu um relance da estátua. Teve de voltar e olhar de novo. No lado direito de quem olhava, uma pequena área da cabeça tinha sumido, como se houvesse evaporado. Andrex conferiu e constatou que o metal restante estava sólido.

Aquela mesma quinta-feira, Pierre ligou para o escultor sem sucesso. A ligação não se completava ou caía em outros aparelhos. Devia ser algum problema com a operadora. Repetidas tentativas foram feitas até a manhã da segunda. Como acreditava que a estátua já estivesse pronta, Pierre ligou para a prefeitura. Não, não haviam entregado a obra.

Na terça saiu para ir ao ateliê de Andrex mas o navegador do telefone o levou para outro lugar. Refez o endereçamento, e o caminho apareceu com clareza no mapa do aplicativo. Porém não foi para lá que a navegação o levou. Pierre resolveu dispensar a ajuda tecnológica até porque sabia muito bem chegar sozinho ao trabalho do escultor. Na terceira conversão, desta vez à direita, a certeza desapareceu com a esquina dobrada. Não era por ali, e Pierre corrigiu rumos e acabou conseguindo ir até a farmácia a uma quadra do ateliê. Conseguiu também voltar até a própria casa, conseguiu ir até o Teatro Municipal porém não conseguiu chegar até o galpão onde estaria a estátua. Deixou o carro em casa e pediu um de aplicativo. O motorista, consumidos os calculados 28 minutos, deixou-o numa esquina desconhecida. Perguntou onde estava a um pedestre e sim estava no endereço de Andrex entretanto não havia ali a casa de Andrex.

Aquela terça o desaparecimento gradativo do metal da estátua já havia comido uma pequena porção do hemisfério esquerdo da cabeça. Andrex começou a olhar com pena o trabalho esvair-se. No entanto foi um assunto que acabou deixando fora das preocupações diárias após certo tempo. Tinha muito com que se ocupar, e a verdade é que não sabia ou não tinha vontade de fazer alguma coisa a respeito do monumento.

IV

Pierre estava ocupado esperando convites para voltar à ativa na vida artística ainda que nunca tivesse deixado de lado a tarefa até aqui inútil de reencontrar Andrex. As redes estão cheias de referências sobre o artista, Pierre confirmou. Um conhecido deu-lhe outro número, que dizia ser da casa do escultor, porém Pierre não alcançou ouvir do outro lado da linha a voz do homem que estava por ajudar-lhe a alcançar a imortalidade na lembrança dos conterrâneos.

Imaginou sair do impasse com uma artimanha inteligente: pediria a alguém que fosse até o ateliê e o seguiria de perto. Aquilo que tudo indicava ser uma dificuldade circunstancial, e sua, não subsistiria ao teste de um terceiro não alcançado pela momentânea dificuldade de êxito no deslocamento pela cidade.

Um primo concordou em ajudar, veio até a casa de Pierre, e daí saíram em comboio, cada um no respectivo automóvel, o primo na liderança. Os dois navegadores começaram com a mesma indicação de itinerário e tempo de viagem. Na esquina da terceira conversão, Pierre entendeu que também não chegaria daquela vez. O primo, sem passar pela mesma impressão de Pierre, seguiu obedecendo ao aplicativo e, quando chegou ao destino, estacionou na primeira vaga que encontrou, justo em frente ao ateliê. Olhou para trás e não viu Pierre, que continuava seguindo o carro do primo, que o levava para outro lugar, para um destino diferente. Lá Pierre estacionou e foi conversar com o primo, que vira estacionar umas três ou quatro vagas mais na frente. Ao chegar ali, o primo não estava, o carro não estava. Ligou, e o primo perguntou onde ele, Pierre, estava. Tinha parado logo atrás dele, informou Pierre. Tinha visto, disse o primo, contudo que tinha feito depois que não o podia encontrar? Pierre disse que ele, o primo, é que tinha sumido. Onde estava? Pierre não sabia.

Procurou uma placa ou um pedestre e nada. Combinaram voltar para a casa de Pierre. De lá decidiram sair outra vez, agora a baixíssima velocidade, o carro de Pierre colado na traseira do carro do primo. Os telefones iam ligados para permitir comunicação permanente. "Vou entrar à direita na próxima rua", dizia o primo. "OK. Vou fazer o mesmo", comentava Pierre. Assim foram até o ateliê. Nem ia estacionar, ponderou o primo. Ficasse ali atrás sem descolar-se. Pierre avançou poucos metros mais para não dar chance de o primo sumir. Deixou o carro ligado, desceu e foi falar com ele. O motorista do outro carro abaixou os vidros, e não era o primo. Ninguém podia explicar nada. Não dava para saber em que momento a caravana havia sido desfeita. O primo sentia muito mas precisava ir, disse pelo telefone. Estava também muito impressionado, até assustado, no entanto não sabia dizer como ajudar mais. Pierre entendia.

No ateliê já desapareceram cabeça e pescoço. Se perguntado, Andrex não saberia dizer de improviso, num dado momento, qual seria a situação exata da estátua porque ela saiu de sua atenção. Entretanto de quando em quando era obrigado a constatar a realidade do sumiço progressivo do trabalho. Às vezes passava a mão nos limites metálicos da estátua e não havia aspereza nem nada que denotasse uma retirada violenta do material. Era como se o desvanecimento se desse por evaporação homogênea, por evaporação...

Pierre ligou para a prefeitura e descobriu que o secretário havia sido trocado. Não, o novo secretário não sabia da homenagem. Iria verificar, conversar com os funcionários. Ligaria para contar o que conseguisse descobrir. Não ligou embora tivesse pedido a uma secretária para comunicar que havia sim registro da encomenda pela prefeitura de uma estátua que seria paga por um terceiro. Pierre confirmou. Era aquilo sim. Iam buscar notícia com o escultor porque não havia anotação de contato recente.

V

O ator envelheceu bem por fora ainda que a cabeça começasse a falhar. A família aconselhou que fosse viver no interior, em sua cidade. Lá seria mais fácil contar com a solidariedade de vizinhos e dos vários parentes que remanesciam fincados no solo de origem. Concordou que podia ser bom. Como iria permanecer com o número telefônico do Rio de Janeiro, pensou, não haveria dificuldade para algum produtor ou diretor encontrá-lo e fazer um convite. Ou seja, não haveria problema para a carreira.

Na chegada de Pierre a sua cidade, a casa dos pais encheu-se de antigos conviventes. Eram oito pessoas que o haviam conhecido de pequeno. Mesmo tendo terminado o reencontro algo feliz, Pierre tivera a expectativa de uma multidão na frente da casa. Sabia que não tinham um carro de bombeiro por lá mas calculara pelo menos uma caminhonete da prefeitura para o desfile e alguns fogos, talvez uma banda. Mesmo tendo terminado o reencontro algo feliz, Pierre angustiou-se um pouquinho com a descoberta de que duas das pessoas não sabiam quem era ele, apenas que havia sido famoso.

O prefeito não pôde aparecer nesse dia, e o secretário da cultura entrou por poucos minutos na casa de pintura descascada para dizer que viria qualquer hora dessas para conversar por mais tempo e combinar alguma solenidade de homenagem oficial da cidade.

Pierre não deixou de falar na estátua embora a resposta do atual secretário não tivesse sido animadora: não estavam dando certo as tentativas de contatar o escultor nem o mecenas que havia prometido o financiamento da homenagem metálica. Pierre não teve ânimo para contar sobre a morte do fã fulano e buscou, mas não conseguiu, desempenhar o papel do desprendido que não tivesse sido afetado pela revelação de que o monumento estava se inviabilizando. Não soube passar de um sorriso quase desaparecido nos lábios secos, ainda mais murchos, esbranquiçados.

Com a ajuda reticente de uma empregada local, a casa ganhou habitabilidade relativa, reforçada com a pintura faiscante que Pierre mandou fazer na fachada. O local ganhou também um papel na cidadezinha, o de quase ponto turístico, uma vez que passou a ser apontada das esquinas vizinhas e bisbilhotada pelas janelas e portas. O que mais movimentava a casa eram os alunos que apareciam com frequência para fazer as entrevistas escolares que o leitor pode imaginar.

As entrevistas eram um encontro de decepções. Pierre sofria por nunca ser reconhecido como precisava, e as crianças, por não ter a oportunidade que sonhavam no caminho para lá de ter contato com uma celebridade das que eram capazes de reconhecer. Não, ele não conhecia essa. Esse outro também não era ainda do meio quando ele, Pierre, estivera trabalhando na TV.

Pierre foi aprendendo a não entrar em detalhes da carreira com as crianças porque a citação das novelas e dos filmes não melhorava em nada o clima de enfado que logo se instalava no primeiro contato. De todo modo, essa rotina estéril foi jogando um pouco de sol no ambiente da casa. Até que veio o sucesso estourado de um menino no mundo dos influenciadores digitais, um que havia entrevistado Pierre. Aí sim a cidadezinha sentiu que tinha um filho com fama de verdade.

Foi então que a peregrinação mudou da casa de Pierre para a casa dos avós do influencer.

Ele se lembraria em seguida, disse Andrex a um visitante que lhe fizera uma pergunta sobre quem era aquele de quem a estátua mostrava um corpo ainda sem cabeça, com ombros pela metade e tronco incompleto. Andrex pensou em explicar que não era bem *ainda* sem cabeça mas ficou com preguiça de dar tantos detalhes. O certo é que teve uma enorme dificuldade de se lembrar do nome da pessoa que seria o original em carne e osso da obra fracassada. Ele sabia que era alguém da área dos esportes. O nome é que não lhe vinha.

VI

Não demorou para Pierre apresentar um pedido formal de retomada da estátua. O mais novo secretário teve uma empatia que não durou nem até o fim do encontro de quinze minutos e não deu esperanças de providências imediatas embora tivesse dito que buscaria tempo para ir atrás da solução do problema de que ele, era sincero em dizer, nada conhecia. Nunca tinha escutado falar do tal monumento mas faria uma busca nos arquivos.

Hoje alguém ainda poderia ver os cinco dedos, a planta e o dorso do pé, do pé em bronze que está na sala menor do ateliê de Andrex, no canto à direita de quem entra. O difícil é que alguém os veja porque para ver é preciso olhar.

Encontramos neste momento Pierre saindo da prefeitura para um restaurante na mesma praça. Terminou o almoço, e não havia ninguém além do garçom entretido com o telefone e sentado num banco contra a parede ao lado da mesa de Pierre. O garçom sabia quem tinha sido ele? Não, interessou-se o rapaz. Pierre contou a vida, e o outro escutou a história com cara plácida. O ator não se deixou afetar pela incerteza quanto à audiência porque não falava para o garçom. Falava para a cidade, para os vivos e os mortos da cidade, para o país, para o mundo, que não tinha tido a oportunidade de dar-lhe reconhecimento. Pierre vestiu de novo a roupa dos personagens, sussurrou e às vezes até gritou as falas, seguiu as deixas, assumiu os modos e os estados de alma de mocinhos e vilões e agradou no mais alto grau a diretores e auditórios. Os olhos fechados bebiam os aplausos. O garçom ficou na dúvida entre pena e indiferença e só voltou discreto ao celular. Pierre não abriu os olhos. Nem tinha por quê.

4.
Vazamento

I

No começo foi um descuido, alguns, muitos. Alguém deixava de girar o necessário, e o filtro ficava pingando. Vinham os pedidos de mais cuidado, e todo mundo prometia o que poucos cumpriam.

Só depois de um tempo é que a torneira ganhou autonomia. Na hora em que bem entendia, pingava. E pingava com absoluta molecagem: ora eram gotas, ora eram chorros. Às vezes era preciso correr para fechar a água; outras não era necessário porque o líquido estancava antes de a mão girar a torneira. Era divertido para os bebês apesar de um desassossego para os mais crescidos.

Com as visitas, aí era pior. A água brincava de esconde: antes de o copo chegar, ela começava a cair; a visita girava a torneira, e a água não vinha; desistia, tirava o copo, e ela caía com tudo, molhando as roupas. Raro era uma visita matar a sede sozinha. Era preciso alguém da casa para vencer as palhaçadas do filtro. Nos primeiros tempos, as histórias da torneira indisciplinada saíam com as visitas para o resto do mundo. Depois acabou-se a novidade mas o filtro, que não vivia da publicidade, continuou perturbando a família.

11

Cheguei hoje de volta a minha cidade. Minha e do filtro. Fazia muito tempo que não andava por estas ruas. Elas me parecem completas desconhecidas, como se por aqui eu nunca tivesse passado, ainda que as poucas casas que identifico sejam suficientes para me colocar em casa, em caminhos da rotina. Nesta casa aqui, morou um primo de quem, por incrível que pareça, não consigo lembrar o nome, apesar da certeza de que era usado no diminutivo. Entrei muitas vezes nela e até me recordo de almoços e lanches. O saldo das recordações do lugar é portanto bastante positivo, mesmo que a nitidez tenha sido perdida.

Já aqui perto da calçada, caí uma vez com um prato de comida que estava levando para um compadre de meus pais, um dos fracassos mais demorados de apagar-se da memória, como o convidado bêbado que parece não querer ir embora no fim da festa em nossa casa. Deve ser porque o prato se quebrou e a comida se espalhou sob os olhos de muitos conhecidos. Houve ajuda, de quem não me lembro, e o diabo foram os risos. Garanto que ninguém mais se lembra dessa insignificância porém o diabo não são os envelhecidos de hoje – são os eternos jovens da cena rememorada, que eternos me olham com escárnio.

Se as ruas se embaralham mais que as casas uma a uma, sinto falta de um cheiro em particular, o cheiro da terra quando o chão sem asfalto era revolvido pela patrol uma vez por ano. O cheiro deve ter mais a ver comigo que com a terra. Por isso seria mesmo demais ele ter permanecido aqui, desde aquele tempo para cá, se os narizes para quem ele significa algo aqui já não estavam. Seria inútil. Creio com convicção que as coisas têm sua inteligência. Um cheiro não cheira em vão. Não se trata do cheiro da terra que a patrol revolvia.

Trata-se do cheiro que eu sentia da terra que a patrol revolvia. Se for uma bobagem, façam de conta que não a escrevi, e vamos apressar o passo porque o que interessa mesmo ainda está um pouco longe desta rua inodora.

I I I

Dei a volta em redor da Matriz, todo o quadrado da praça, e tomei o caminho da casa do filtro. Não perguntei por ela a ninguém até porque tenho poucas pessoas de referência que já encontrei ou que falte encontrar na cidade. Ninguém dos que cruzam comigo sabe para onde vou com tanta determinação mas se há uma coisa de que me recordo é do caminho que estou percorrendo e do exato lugar onde vou encontrar a casa. Também a verdade é que não quero companhia.

Sou obrigado a ir mais pela pista dos carros que pela calçada, que, quando existe, é muito irregular, embora o pouco trânsito agora como antes não meta medo. Menos ainda teria medo aquele que está para fazer aquilo que vim aqui fazer.

Não gosto de lembranças, não tenho saudades. Mesmo que seja muito difícil evitar as revivências quando se anda de novo pelo cenário da infância, estou procurando não me deixar ir por esse caminho da emoção fácil. Não vim aqui para me emocionar. Não creio que valha a pena obrigar o coração a uma sobrecarga apenas para recuperar por alguns segundos as situações que a imaturidade nem tinha parâmetros objetivos para avaliar e valorar. Nada tenho contra a infância e nada tenho a favor dela. Trata-se de etapa já queimada, que não quero, por não ver motivo, revisitar. As pessoas em São Paulo estão convencidas de que vim aqui para isso. Não foi mesmo mas é difícil convencer um bando de larvas sentimentais de que você não dá a menor importância a tolices.

Não estou aqui por tolices. Meto a mão no bolso, não encontro nada. Não quero recuperar lembrança e sim uma sensação. Estou pouco me lixando para a casa e para a época em que aqui estive tantas vezes. Não tenho o menor interesse em saber das pessoas que por ela passaram. É bom explicar logo antes que fiquem com má impressão a meu respeito. Não sou insensível nem tenho qualquer mágoa contra os personagens do passado. De jeito nenhum. Apenas aprendi a não dar valor àquilo que não pode trazer um resultado previsível, bom ou ruim, para mim ou para outra pessoa. Tornei-me um devoto da previsibilidade. É o caso do passado aqui. Se me pusesse agora a pensar nas pessoas, em cada uma delas, várias das quais amei com amores diferentes, fraternais, platônicos ou sensuais, não sei o que seria de mim. Um desses personagens de quem tenho memória na casa do filtro é alguém que andou por meu passado como "la espinita" da canção, aquela que "se ha clavado en mi corazón". Ela mais que ninguém não pode ser bem-vinda à lembrança deste outono. Sei com objetividade e distância do que se passou comigo, sei do risco que é reviver as emoções da época e é por isso mesmo que não quero saber desses fantasmas. Estou bem já sofrendo assim na quantidade sem drama que uma pessoa de minha idade costuma sofrer. Não, obrigado.

Vim aqui por coisa diferente. Vim aqui pelo filtro. Ou melhor, vim aqui pela torneira e seus pingos com vontade própria. Meto a mão no bolso, não encontro nada. Após ter passado por toda uma vida cheia de gente sem vontade, sem iniciativa, sem personalidade, meu grande mito passou a ser a torneira voluntariosa. Uma coisa, metálica, inanimada, mais potente que todos os seres com quem me relacionei na vida, incluídos eu e todos os poderosos (e não foram poucos) com quem interagi, não é pouca coisa. Esse é o grande atrativo. Uma coisa assim vale a visita e até o risco de ser atropelado, não aqui na rua mas pelas lembranças inoportunas.

    Reconheço a esquina. É só virar à esquerda e estará a casa. Faço isso e ela ali está. No meio de uma vizinhança toda outra, a casa continua familiar. Está fechada, não se vê mais jardim em volta embora não haja mostras de abandono. A pintura não é nova, ainda que não seja velha. Não há janelas quebradas ou lixo espalhado pelo lote. Perguntei a duas mulheres que passavam pela calçada, e nenhuma soube me informar sobre a presença de moradores. No entanto não precisei forçar a entrada no escuro da desinformação (estava disposto a isso) porque dois meninos que desceram de uma bicicleta me contaram já haver buscado fruta no quintal algumas vezes. Confirmaram não haver sinal de morador apesar de as portas trancadas não permitirem entrar no interior da casa. Não permitirem a eles. A mim, nada me segurará. Nem pensar em sair de tão longe para ser segurado por um detalhe como uma lingueta presa numa caixa de metal.

    O portão de madeira que dá para a rua está aberto. Entro e tomo pela direita para contornar a casa. O muro está em muito bom estado, e a lateral também ou pelo menos não está com características visíveis do longo abandono que eu esperava. Nunca tinha andado por este lado. Minhas visitas eram sempre pela porta da frente. Daqui da garagem vazada (apenas um toldo metálico para abrigar um carro pequeno), tenho uma visão inédita para mim do quintal, que sempre via da janela próxima ao filtro. Deste ponto aqui, veem-se várias fruteiras, o que também nunca tinha observado. O quintal é grande e só tem uma edificação: a casa dos fundos, com cara de depósito. Não vou para lá. Quero é entrar pela porta da cozinha, que para isso vim.

Subo os dois degraus da área, confiro e não hesito em experimentar a fechadura, que não cede ao giro que tento dar. Está mesmo trancada. Tiro os instrumentos que já vieram preparados para isso no bolso. É um pequeno estojo porém com o necessário. Em minutos a lingueta se recolhe e nada mais me segura do lado de fora. Forço a maçaneta e aí outra dificuldade: está travada, emperrada, embora faça um barulho estranho como o de um mecanismo em movimento. Tento com a pressão do ombro, e a porta não se move. Desmonto a maçaneta. Dois parafusos deram um trabalho dos diabos contudo tiveram de ceder. Retiro as partes metálicas, a porta gira nas dobradiças chorando alto por lubrificação. Dou uma última olhada para trás e entro.

IV

Fui eu que retirei a carrapeta da torneira. Queria pregar uma peça, sem o propósito específico de atingir ninguém em particular. Ali era a casa de um colega cuja irmã não queria nada comigo. Talvez tenha sido por essa razão. Talvez. Só que não me lembro de ter pensado nisso quando usei de improviso a chave inglesa, que estava na bancada da pia, para desenroscar a torneira e tirar a carrapeta, depois de haver fechado a água. Terminada a operação, feita com rapidez de que não me considerava capaz, reabri quase nada o registro e saí de perto. Me lembro de ter deixado a carrapeta no bolso apesar (ou talvez por isso) da sensação do perigo por conta de continuar no local do crime carregando a prova que seria encontrada com uma simples revista.

A primeira pessoa a usar o filtro depois da sabotagem foi ela. Pela pouca água, mexeu no registro e aí, claro, não conseguiu mais estancar o jorro da torneira. O copo transbordou, o piso e a roupa ficaram molhados, veio gente ajudar (inclusive eu), fechou-se o registro. O encanador constatou a ausência da carrapeta, colocou uma nova, e esse foi o começo. A partir daí, o filtro ganhou independência da vontade humana.

Sou testemunha. Vi muitas vezes do nada a água manifestar sua vontade imprópria. Se não era divertido para os outros, menos o era para mim. Desconfiava de que todos pudessem saber que eu era o culpado e não podia ter a menor dúvida sobre a ciência que o filtro tinha disso. Afinal havia se revelado um ser com vontade e, se manifestava vontade, é certo que teria olhos para ter visto o que fiz e memória para não se esquecer de mim. Mais, pensava eu na época: se tinha todas essas competências humanas, por que não se comunicaria? Por que não contaria o que sabia para a família? Até porque contar o livraria da acusação de falta de modos e de subversão das leis que fazem das pessoas pessoas e das coisas coisas. Do dia em que tive essa revelação, nunca mais me senti à vontade com a família e talvez tenha perdido, por isso, a chance de um dia ter tido algo com a irmã do meu amigo. É a explicação para eu ter estado tentando não me deixar levar pelas lembranças para aqui, este lugar para onde o pensamento quis me levar e levou. Não queria saber de pensar nela. O que vim fazer aqui não tem nada a ver com ela, e agora aí está ela me atrapalhando a concentração. Isso não estava nos planos.

Quero retomar a confissão porque sinto que me fará bem. Acompanhei sempre, cada vez mais a distância, as peripécias do filtro. Ela e o irmão não se cansavam de comentar com raiva ou diversão. Não me perguntem por que não substituíram o filtro até porque nem sei se isso não foi feito. O que sei é que a molecagem do filtro nunca mais parou. Eu vivi o restante do tempo de residência na cidade e a vida fora até hoje com um duplo sentimento de apreensão: fui o culpado por algo que tanto atrapalhou a vida e a paz daquela família e ao mesmo tempo posso ter despertado o que era para ter ficado inativo, a vontade de um ser inanimado. Sempre considerei que as duas coisas me pesariam como culpa grave. E pesaram.

Estou aqui para o inevitável reencontro com o filtro. Não é para consertar o erro que vim. Nem sei se seria possível ou se é o que há para fazer. Venho com um sentimento de expiação embora a ansiedade por fazer isso, que durou quase toda a vida, não fosse o tempo todo acompanhada pela necessidade de pagar pelo malfeito. Resumindo, não sei bem por que estou aqui. Sei que era para vir.

V

Como disse, chego à área traseira da casa, retiro as partes metálicas da maçaneta, e a porta gira nas dobradiças chorando por lubrificação. Dou uma última olhada para trás e entro na cozinha. São quase cinco da tarde, hora do lanche. Encontro a mesa posta com pão de queijo, biscoito, leite e café. Ninguém ainda está comendo, e descubro que estou só na cozinha. Aí, depois de tanto tempo, ouço de novo os ruídos normais da casa, e em seguida entram todos, me cumprimentam e chamam para a mesa. Tudo como antes. Digo que vou lavar as mãos, que venho da rua. No banheiro me olho no espelho e confirmo que sou o de hoje, aquele que volta por conta da torneira que pinga segundo o próprio arbítrio.

Entro de volta na cozinha sem olhar para o filtro e olhando para o olhar dos demais. Ninguém está ocupado comigo, ninguém nota o outro que o tempo me fez. Não há perguntas, não há espantos fora o meu, que disfarço. Me sento, pego um pão de queijo e me sirvo de café. Agora, com a mordida no pão de queijo, me senti no direito de olhar. Não está pingando. Chego até o corredor e retorno.

Entro de volta na cozinha sem olhar para o filtro. Me sento e me levanto em seguida. Vou até o filtro e retiro a água que quero, sem que nada aconteça. Me sento e vejo de soslaio que agora ela está enchendo um copo. Muitos falam mas ninguém comigo.

Tanta movimentação me confunde. Deixo os olhos nela. A água para, ela bate na lateral do filtro, a água volta a cair. Ela bate outra vez, e a água não para; ela deixa de bater, o copo já está quase cheio, e de repente a água para. Só eu estou acompanhando a cena. Acho que nem ela mesma age com consciência do insólito de submeter-se ao incerto do inanimado. E eu quero que isso acabe porque fui eu que comecei e porque tenho medo de onde isso vá parar.

Acho bom que ninguém esteja prestando atenção em mim. Preciso agir. Espero que ela saia de perto do filtro. Volta à mesa, senta-se, me olha com naturalidade e me sorri um sorriso ainda natural. Retribuo e me levanto. Meto a mão no bolso, não encontro nada. Passo primeiro pela bancada inteira da cozinha. Estou buscando a chave inglesa. Não a vejo em lugar nenhum. Abro as gavetas. Confiro, e ainda é apenas ela quem me olha, e com apenas curiosidade, nada mais. Não me intimido embora ela possa não entender o que estou fazendo e me reprovar pelo risco de estragar tudo, se é que percebe aquilo que estou aqui para fazer. Vou em frente mesmo assim porque talvez o nosso, o que era para ser entre mim e ela, já esteja escrito ou apagado para sempre. Talvez tenha passado a hora dos cuidados.

Quando faço um barulho mais alto no momento de abrir uma porta defeituosa do armário, a mãe se vira para mim e vai perguntar-me algo. A filha interrompe a mãe, e a pergunta não vem. Expiro aliviado o ar nervoso. Não escuto o que ela diz à mãe mas é suficiente para a mãe desviar o olhar de mim, só o que me interessa. Ela me faz um movimento autorizativo com a cabeça, e sigo a busca. Encontrei a chave.

Vou até o registro e giro até o fim a torneira cromada. Meto a mão no bolso, não encontro nada. Olho para as pessoas em volta da mesa e vejo, pela indiferença, que estou seguro. Com a chave inglesa na mão, chego até o filtro. Ela não está mais me acompanhando. Estou só, e é assim que tem de ser porque isso precisa ser obra apenas minha. É como tem de ser.

Desatarraxo a torneira do filtro, retiro a carrapeta defeituosa e a jogo na lixeira. Meto a mão no bolso, e o coração dispara quando apalpo o pequeno objeto. Retiro a mão e confirmo que é a carrapeta, a carrapeta que eu havia retirado tantos anos atrás, a mesma carrapeta minúscula, prova semiplena da culpa que deve ser expiada.

Recoloco a carrapeta, reinstalo-a no lugar de que a retirei há tanto passado faz. Torço a torneira outra vez e restabeleço o funcionamento do filtro. Abro o registro, guardo a chave inglesa e me desafogo num suspiro breve.

VI

Olho para ela comendo à mesa, ela me olha. Sorri, olha para o lado, para a mãe, e reentabula a conversa que minha presença extemporânea interrompeu. Sei que nunca mais a verei, nem aquela à mesa, nem a outra que ela será hoje, nem as outras que ela deve ter sido esses anos todos. Essa ausência dela me fez menor, bem menor, embora toda a muita coisa que me tocou fazer na vida. A ausência dela em minha vida não me fez menor por eu ser agora menos que aquilo que poderia ter sido com ela mas por ser agora diferente do que poderia ter sido. Diferente por não ter tido nunca a oportunidade de ser aquele que eu poderia ter sido com ela. Diferente por não ter tido, quem sabe, os desencontros que eu poderia ter tido com ela. Minha molecagem com a carrapeta, essa tremenda insignificância, acabou por me roubar um dos meus mais instigantes talvezes.

 É, as experiências renunciadas nos fazem para sempre menores. Mas acho que é coisa que eu já sabia antes de voltar aqui. O que estou descobrindo agora, ainda que isso não me frustre nenhuma expectativa, é que restaurar não é o mesmo que zerar as consequências.

5
Areia

I

O pai queria que ele fosse advogado. Ele queria engenharia civil, e foi o que fez. Tinha suas razões.

Quando pequeno ouviu que a avestruz enfia a cabeça na areia para fugir das ameaças. Gostou da ideia e viveu para adotá-la como norte de vida. Julgou muito inteligente a saída. Melhor que enfrentar batalhas e correr o risco de perder. Além disso a simples perspectiva de batalha já faz com que a gente se ocupe com os preparativos, que são piores e nos consomem mais que a briga em si. Resolveu que não brigaria – enfiaria o pescoço na areia.

E andou pela vida assim mesmo: diante de qualquer aperto, se escondia. Problema não era com ele. Fugiu do confronto com professores e amigos e nunca enfrentou um irmão por nada. Os pais, inseguros ou ignorantes, tratavam-no com o cuidado dispensado aos débeis, nunca lhes tendo passado pela cabeça que ele necessitasse, quem sabe, de uns civilizados safanões. Ou, quem sabe, de um profissional especializado. Era sentir que podia vir uma reprimenda, lá ia ele sumir por um tempo, o que a família aprendeu a aceitar sem falar no assunto. A estratégia tinha suas vantagens:

nunca precisava pedir desculpas, nunca dormia com a orelha ardendo ou o cocuruto latejando.

Entretanto, como a vida para ele não acabou na infância, fugir mesmo e fugir como nunca foi o que mais fez na adolescência. Não perdia tempo com bate-boca e não foi rebelde de desaforos, o que o obrigou a buscar amiúde o isolamento para não explodir. Foi aí quando, cansado de improvisar toca, decidiu concretizar a metáfora e cavou um buraco. Teve tanta dificuldade para o buraco virar túnel que resolveu ser engenheiro civil.

Formou-se. Antes de casar-se, untou com uma colher de cimento a pedra fundamental de sua obra capital: o túnel de enfiar o pescoço na areia. O buraco seria, nenhuma surpresa, no porão da casa velha da família, que lhe tocou após a morte dos pais e o desinteresse dos irmãos.

Começou a trabalhar com ferramentas manuais comuns. Com elas completou a abertura e o hall da entrada em pouco mais de um ano de horas vagas. Viu que precisava de outros instrumentos e tinha então que investir em máquinas. Montou uma pequena empresa de serviços para alugar as máquinas a outros construtores e defender o dinheiro que necessitava para aplicar no túnel. Engenhou, improvisou, refez e adaptou soluções. A única regra inflexível era não permitir outra pessoa trabalhando na obra. Era seu trabalho.

O primeiro ramal tomava o rumo leste, meio perpendicular à casa da esquina. A inexperiência o levou a errar a direção e, três meses depois do início, descobriu-se num desvio que o fez atingir o próprio quintal. Havia feito uma curva de quase 180 graus sem perceber. O equívoco levou-o à primeira descoberta de sua vida subterrânea. A pá bateu num objeto de metal e fez soar um som estranho. Ladeou com cuidado a pequena caixa e retirou-a do barro. Tinha um fecho de cadeado, que ele rompeu com impaciência. Dentro da caixa, um monte de cartas atadas em três pacotes. Mais impaciente ainda, leu ali mesmo no incipiente túnel e à luz de lanternas a confissão de amor de uma mulher ao amante. As cartas eram endereçadas a um amigo da família que ele conhecia muito bem e, claro, não haviam sido enviadas. Registravam o sofrimento enterrado de quem não se conformava com a falta de coragem do outro. Eram um rosário de incentivos e de declarações de ímpeto e decisão enfim sufocados debaixo da terra batida entre as fruteiras do quintal.

Fugir para debaixo da terra era sua rotina. Vinha ao túnel de repente até no meio de uma reunião de trabalho. Bastava sentir-se ameaçado, o que não precisava ser muito. Se parecia que algo podia dar errado ou que alguém estava prestes a pedir-lhe explicações, descobrir uma falha sua ou, pior, criticar-lhe de alguma maneira, fugia depressa para debaixo do piso do porão. Encolhia-se por segundos, o suficiente para recuperar a calma, e aí aproveitava para aumentar a escavação. O problema da terra, para que o leitor não se ponha a especular, foi resolvido logo no início da história: o quanto retirava era vendido a produtores de iscas vivas para pescaria, abundantes ali na terra úmida. Além de garantir mais dinheiro para financiar a obra permanente, o arranjo afastava uma preocupação logística importante.

II

Tirando as saídas apressadas e inexplicadas de praxe, mais intrigantes quanto mais frequente é o contato de alguém com ele, Renê leva uma vida ordinária. Não há motivo para tê-lo em má conta, e sua figura desaparece na massa do lugar-comum, que é o que ele mais deseja. Seu casamento com

Analice é uma prova disso. Começou numa pizzaria numa sexta-feira normal, com um bilhetinho que ele pediu ao garçom para levar. Depois a essência do mais normal das normalidades: sorriso pra cá, sorriso pra lá, três pares de chopes, fim de noite com promessas, telefonemas nos dias seguintes, motéis, churrascos, jantares, shoppings, quermesses, noivado, padre e igreja.

Com ela o que passou é que foi bem mais difícil disfarçar. O que podia justificar uma ida ao porão no meio de uma conversa quando o tom começava a se elevar? Mesmo assim ela só foi saber do túnel real, de carne e osso, catorze meses depois da lua de mel. As explicações dele foram péssimas, mas tão pobres que ela por pura pena parou com as perguntas.

Como o leitor pode não estar se lembrando mais, repito que o túnel começou pelo ramal leste. Corrigido o rumo após o episódio das cartas adúlteras, a linha do plano inicial foi retomada. Foram meses para chegar sob o muro da casa da esquina ainda que com o auxílio cada vez maior das máquinas que ia incorporando. Cada metro, não nos esqueçamos de que Renê é engenheiro, exige um trabalho complexo de compactação e escoramento, que é o que mais atrasa o avanço do buraco sob a terra. A compensação vem na forma do conforto imediato que ele sente quanto mais espaço tem para enfiar o pescoço na areia da alienação. Convém não tomar a palavra *alienação* em seu sentido negativo. Ao contrário, aqui estamos falando de ação, de atividade muito mais intensa e perigosa que enfrentar posições diferentes num debate. Ao optar por sua peculiar alienação, Renê tinha consciência de ter escolhido o menos cômodo e sabia que teria que pagar um alto preço por isso. Pelo menos era o que pensava.

Pois bem, o buraco está neste momento ultrapassando a linha do muro da casa da esquina. Renê, bem excitado, cava quase que uma noite completa, de sábado para domingo.

São pouco mais de três da madrugada. A picareta manejada com impaciência começa a provocar um som distinto, uma ressonância. Cava com mais rapidez. Está bastante suado, apesar de nu. Deixa a picareta de lado e cava frenético com as próprias mãos. De repente tateia o ar – não há mais terra, a boca do túnel abrindo para o vácuo. Renê sente que vai cair e se agarra a uma raiz no teto do buraco. Acalma-se e foca a lanterna. Vê que acaba de perfurar de fora para dentro a parede de um poço abandonado, no qual faltou pouco para cair. Nervoso, senta-se no banquinho e tem uma crise de medo quando pensa no que quase aconteceu. Imagina a repercussão, pior ainda se não morresse na queda. Gela pela perspectiva da gozação e do escândalo. Está nisso quando tem um segundo susto: precisa fechar o buraco no poço antes que venha o sol. Correndo vai buscar o necessário: tijolo, cimento, água... Levanta a parede e, quando termina o trabalho no lado de dentro do túnel, já é perto das dez da manhã. Não tem ânimo para vestir-se e sobe para o quarto suado e sujo. A mulher assusta-se mas não lhe faz qualquer pergunta. Esperaria a iniciativa dele. Aquele dia ele fez questão de sair de casa o tempo todo. Foram a cinema, restaurante e parque. Divertiram-se como poucas vezes na vida. Depois de encerrar a jornada com os corpos enredados e sossegados na banheira, ela estava feliz. Ele também.

III

Não foi ao túnel por duas semanas. Estava tranquilo, e Analice experimentou a inédita sensação de cumplicidade entre companheiros de cama, mesa e sofá: durante aquele tempo, tiveram a mesma vida, às claras e compartilhada. Nenhum segredo. Parecia que agora sim eram o dois-em-um do casamento. No entanto, terminadas as duas semanas, voltaram ao de sempre.

Quando retomou o trabalho no porão, estava com vontade redobrada. Resolveu abrir ramificações a partir do traçado principal. Explorou dois locais sob a casa da esquina. Num deles encontrou um veio d'água. Foi um pequeno desastre, que conseguiu conter em poucas horas. No outro encontrou uma formação de pedras que lhe dificultava a passagem. Para desviar-se, quis contornar por cima. Abriu sem perceber um buraco no quarto dos fundos da casa, por sorte sem ninguém e por mais sorte ainda num sábado, já que os moradores estavam na fazenda. Curioso e com medo, começou o passeio no escuro. A luz que entrava da rua era quase nada, e não queria acender a lanterna. Primeiro andou pelo quarto. Havia um armário, uma cama e uma mesinha baixa. No armário, roupas. Abriu-as (agora já se havia acostumado com a pouca luz e via melhor), observou-as. Eram de mulher, da empregada talvez. Excitou-se com as calcinhas e os sutiãs. Esfregou-os pelo corpo suado, mais ainda sob a roupa de baixo. Guardou tudo, foi para a mesa. Abriu a gaveta. Encontrou álbuns, cadernos e uma pequena carteira com documentos. Debaixo do colchão da cama, revistas; dentro de uma delas, uma de menor tamanho com fotos pornográficas. Excitou-se mais, pensou em levar, resolveu deixar como encontrou. Na cozinha ficou pouco. Na sala, andando quase agachado para não ser visto através das janelas, não deixou de revisar os discos, os poucos livros na estante, os objetos da decoração, os quadros na parede, as contas pagas e por pagar numa gaveta. Depois o banheiro de visitas, onde manuseou as roupas que pendiam do suporte da cortina. Abriu o armário atrás do espelho, o debaixo da pia, revirou de leve a roupa suja no cesto. Continuou no quarto do garoto: fotos de mulher nua, discos, roupa atrás da cama, muitas revistas sob o colchão, uma agenda com nomes de mulher, telefones e e-mails. No quarto da garota (conhecia tudo sobre ela: vinte e um anos, morena, pequena, sem graça, com um único atrativo para ele – os olhos negros enormes), ficou mais tempo. Deitou-se na cama após limpar o barro do corpo com uma toalha úmida. Fechou os olhos, fantasiou. Limpou o suor, outra vez na toalha, e subiu ao quarto do casal. As grossas cortinas estavam fechadas. Não viu problema em acender a lanterna. Continuou olhando tudo. Viu numa gaveta interna do armário, onde uma chave tinha sido deixada na fechadura, algumas fitas. Como havia vídeo e TV no quarto, deu uma olhada nelas. A maioria era de viagem ou festa de aniversário. Só que uma era um achado: o casal num motel. Resolveu que ia levá-la junto com coisas dos outros quartos: o álbum da empregada, a agenda e uns CDs do garoto, além do caderno com cadeado da garota. Pôs tudo numa sacola de supermercado, voltou ao túnel e disfarçou a saída do quarto com um tapete.

Em casa reviu a pilhagem na sala, sem acordar a mulher. No dia seguinte, copiou tudo, a fita, o caderno, os CDs, a agenda e algumas fotos da empregada. À noite voltou à casa da esquina para devolver o material. Retirou o tapete da saída do túnel, deixou o álbum de fotos da empregada e foi aos quartos dos garotos para voltar cada coisa a seu lugar. No do casal, fez o mesmo: guardou a fita na gaveta, como estava antes.

Neste momento um barulho de chave na porta da frente faz o coração de Renê disparar. Corre para sair; é tarde. Vagabundeia pelo quarto sem rumo, resolve enfiar-se debaixo da cama. Nariz no chão, respira poeira sem se mexer. Na sala, vozes indistintas. Os ruídos vão se aproximando. Abrem a porta do quarto onde está. Vê os sapatos de um homem e de uma mulher. Vozes comentam sobre um documento. Abrem uma gaveta, mexem no conteúdo e saem do quarto. Diminui a tensão. Ouve a porta da rua fechar-se mas não tem forças para sair de onde está.

Minutos depois arrastou-se para fora e disparou para o quarto da empregada e pelo túnel. Trouxe material de construção e fechou a saída, tentando recompor pelo avesso o desenho do piso que havia quebrado. Encheu com terra o ramal e selou com baldes de concreto o entroncamento agora desativado do túnel principal.

IV

Renê vai colocar na internet o filme do casal no motel. Decidiu. Já estava indo usar o computador do cybercafé na ilusão de que não o pudessem descobrir quando um pensamento incômodo o mandou ao túnel enfiar a cabeça na areia. Aonde isso podia chegar? Não era apenas uma questão do prazer, mesmo que doentio, porém do que poderia se passar com a vida deles. Perderiam o respeito dos amigos e dos filhos? Teriam que se mudar da cidade? Esfriariam para o sexo? Entrariam em depressão? Poderiam chegar ao suicídio, quem sabe? Era muito para ele ainda que estivesse incentivado pelo prazer recém-descoberto de chafurdar na intimidade dos outros. Esqueceu a internet.

Inaugurou aquele dia o ramal noroeste do túnel, orientação decidida mais ou menos ao acaso. Sentou-se no hall e, com auxílio da bússola, traçou com cuidado e calma a circunferência que marcava a boca do ramal. Confirmou o perímetro com golpes de picareta, retirou a primeira camada de terra com uma colher de pedreiro, no que sentiu um gozo muito prazeroso, e aí se despiu, dobrou com zelo a roupa, pilotou a escavadeira e pôs em marcha com gosto seu novo mergulho sob a cidade. Um ano depois, a serpente ganhou tamanho mas não juntou veneno suficiente nas presas.

Até que, numa quarta-feira de junho, saltou do solo o primeiro esqueleto. Renê urrou de medo e voltou para casa voando. Tomou água na cozinha e saiu para o ar fresco do quintal. E agora? Não era mais um mero amontoado de cartas velhas de família bambeante. Cadáver é um assunto complicado sempre. Calculou, de cabeça, debaixo de que estaria o esqueleto e viu que era da grama do beco. Qualquer vizinho, seus parentes inclusive, podia ter enterrado o corpo naquele lugar. Algum crime insolúvel, algum assassinato desconhecido da polícia, abafado com terra e cascalho? E agora?, perguntava-se de novo. Que tenho de fazer? Avisar as autoridades? E, se avisar, como vão entender o túnel? Acreditarão na inocência de um cavador subterrâneo? Não. Melhor lidar com o problema sozinho.

A xícara de café forneceu a coragem de que precisava para voltar ao ramal noroeste. Pensou que o mais prudente seria cavar ao redor dos ossos: podia ser que algo aparecesse. Calçou as luvas e carregou os restos do morto para um canto, onde remontou o esqueleto. Seguiu cavando. Achou pequenas coisas, como dentes e botões. Ia parando por aquele dia quando viu o que parecia um pedaço de tecido. Não era – era o plástico de um documento. O coração bateu forte. Puxou o achado para o facho de luz e percebeu uma carteira de identidade quase desmanchada. Olhou com mais cuidado. Era possível ler pedaços de nomes, como "celo" e "tins". Podia ser que o dono dos ossos fosse um Marcelo Martins, por exemplo, como seu tio. Sim, como seu tio desaparecido, Marcelo, de quem não gostava. Dava gosto encontrar a possibilidade do nome dele para o esqueleto.

No outro dia, já veio resolvido a reenterrar o cadáver e dar por encerrado o episódio. Não tinha opção. Num desvio à direita, três metros de distância da parede do túnel, depositou o cadáver, tendo o cuidado de deixar ali, na nova sepultura, toda a terra que rodeava antes os restos do morto. Fez assim por superstição ou medo. Tomou um gole do uísque que havia trazido e voltou ao trabalho. Temeu dar com outros corpos mas não podia mudar os planos do traçado.

A próxima vez que voltou ao túnel para enfiar a cabeça na areia, nossa avestruz fez aí sim o achado bem mais feliz. A máquina ainda chegou a rasgar um pouco a lateral da mala porém o dinheiro, a dinheirama que havia ali, não foi atingido. Algumas cédulas estavam úmidas e manchadas no entanto podia aproveitar tudo. Em casa espalhou seu pequeno tesouro pelo chão forrado de jornal. Trancou a porta do quarto que ninguém utilizava e viajou com a mulher para passar o fim de semana na casa de praia de uns amigos. A mulher, grávida, tinha insistido, e ele acabou indo satisfeito.

O que mais lhe chamou a atenção nos dois dias de praia foi a diversidade de animais, em que nunca havia reparado antes. Caranguejos, pássaros, mosquitos – tudo ele olhava com interesse. Talvez a chegada do primeiro filho tivesse despertado o interesse pela vida. Quem sabe? O certo é que esse mesmo senso de observação foi transportado para o túnel na semana seguinte. Começou a ver que o túnel era um habitat dos mais ricos em diversidade. Sem contar o morcego que entrou aquele dia do poço abandonado, que não tínhamos julgado importante registrar até agora neste relato, havia aranhas, besouros, baratas, muitas baratas, e vários ratos. Ah, sim, e as minhocas, que eram o que saía do túnel para o mercado consumidor.

Renê começou a achar graça nos bichinhos. Preocupado com a luta desigual pela sobrevivência que bem se exemplificava ali sob a capa externa da cidade, passou a levar comida para os companheiros de escuridão. Não muita, para não transformar o túnel, tão bem cuidado quanto à limpeza, numa lixeira orgânica. Com o tempo e com as demonstrações inequívocas de gentileza, as diversas espécies passaram a conviver com mais intimidade. Renê já não sentia asco na proximidade, nem mesmo no ocasional passeio que um dos animaizinhos resolvia dar por seu corpo. Ao contrário, passou a sentir um conforto especial em oferecer o corpo ao passeio das, agora, dezenas de pequenos seres amestrados.

V

Renê ainda não conhece o filho que nasceu há três meses. Está muito ocupado preparando tudo. Baixou um monte de provisões e muito, muito material de construção. Tinha tentado convencer a mulher a acompanhá-lo. Ele próprio estava até agora relutando em aceitar a presença de outra pessoa no túnel, inclusive ela, o amor definitivo de sua vida, a pessoa de quem ele tanto sente falta. Convenceu-se por fim de que ela também devia vir para o túnel, e foi a vez de ela não aceitar. Renê argumentou com paixão sobre por que ela devia concordar com seu pedido. Analice apenas chorava, acariciava os cabelos dele e não dizia palavra. A despedida foi numa impertinente tarde de sol. Ele não chorou mas queria; ela não queria mas chorou. Beijaram-se, ele lhe acariciou a barriga de nove meses e foi sem olhar para trás.

Renê acaba de colocar a última pá de cimento. Os dois ramais, leste e noroeste, foram lacrados. Ele está no hall fechando por dentro a entrada do túnel. Ainda há luz e ar no pequeno cômodo sob o piso do porão. Pernas minúsculas às centenas traçam caminhos desesperados por sobre a pele arrepiada. Renê, a avestruz Renê, se estira no chão da obra de areia e sepulta de vez o desejo de encontrar uma maneira eficaz de esconder o rabo negligenciado da avestruz.

6
Comportamento estrito

I

O melhor sempre é fugir das simplificações, dar passagem aos matizes, aceitar as ambiguidades e incoerências. Melhor, porém, é *ideal*, e aqui não gozo do conforto de poder fazer as coisas como desejável. Aqui faço as coisas como possível. E não é possível, por decretada falta de tempo, acolher nestas páginas a inteira complexidade de nossos personagens. Eles aqui terão o caráter simplificado e serão convidados a comportar-se dentro da expectativa enxuta e estrita que é cabível a cada um.

Os personagens da história são quatro: Petrônio, o mau; Lili, a ingênua; Cirilo, o justo; e Ana, a maquiavélica. E a história dos personagens é a previsível, que eu já explico: Petrônio não tem escrúpulos e quer Lili, que nada percebe, a todo custo. Mas Cirilo defende a virtude sobre a Terra, ama Lili e vai fazer de tudo para desmascarar Petrônio. Ana, que gosta de Cirilo, vai aliar-se por conveniência a Petrônio. No fim, o bem prevalecerá: Cirilo se casará com Lili para sempre, e Petrônio e Ana receberão o devido castigo.

11

Estamos numa cidade pequena – provinciana, vá lá. Pela rua principal, que é a avenida dos Campos Bons, circulam residentes e visitantes, compradores que vêm dos arredores agrícolas. Nesta hora conveniente da tarde, Lili ancora no parapeito da janela que dá para a via.

Não há olhar masculino ou feminino que não invista o risco de uma topada só para conferir a graça da figura magnética. Lili é bastante atraente, muito bonita caberia dizer, porém é provável que a graça tão apreciada esteja, mais que em qualquer outro atributo, nos seios dos 23 anos verdes da garota ruiva. Sempre tensos, não disfarçam a vontade de explodir a barreira elástica que teria a fracassada missão de mantê-los despercebidos sob a roupa. Não explodem mas não desarmam a ameaça de escapar para o ar fresco, o que deixa a libertária gente do lugar apreensiva mas muito, muito atenta.

Também Petrônio, claro. Contudo nosso vilão não a olha reverente, como as pessoas de bem apreciam agradecidas as obras generosas da Natureza. Ele não. Prefere incentivar o assanhamento dos ímpetos mais execráveis. E este dia é importante para nossa história não porque seja aquele em que o crápula descobre a heroína, que não o é, mas porque é o dia em que Petrônio determina que Lili vai ser dele, o que faz com o asqueroso suor da testa e o desassossego do sangue maremoteando nas cavernas do corpo.

O refluxo não se deu mais aquele dia, para desconforto do canalha. Ao contrário, a maré sanguínea não cedeu milímetro cúbico da área conquistada até que fosse já muito entrada a madrugada. Petrônio tentou aliviar-se do aperto lúbrico com Cida, uma desinibida conhecida. Não funcionou. Quer dizer, Petrônio sim, funcionou. O que não adiantou foi o artifício de alcançar Lili pela via torta da substituição. Então não havia nada mais a fazer: Petrônio apelou quase dia para outra via torta, agora a da imaginação solitária. Mesmo assim foi preciso imaginar umas quatro vezes até conseguir desmobilizar a bandeira de protesto do corpo contra o jejum impossível de aceitar. Ainda que arreado, não dormiu.

No café da manhã, com olheiras e trêmulo, traçou a estratégia para a batalha da jornada. Dispensou os ovos moles e foi logo tomar as providências. Poderia ter deixado para fazer isso mais adiante porém não lhe pude permitir o luxo. Tenho aqui minha própria urgência, e ele foi obrigado a sair de casa cedo, mesmo que preferisse ficar dormindo.

Às quatro e meia da tarde, a avenida dos Campos Bons luzia muito diferente. Lili estava à janela, como de costume. O inusitado se armou na frente dela: um tapete de rosas vermelhas despetaladas. Doze dúzias, a acreditarmos na nota fiscal dobrada que Petrônio traz no bolso. Ao lado do retângulo vermelho que ninguém ousou profanar e que obrigou, inclusive, ao desvio do pouco trânsito, um rapaz dedilhando uma harmônica de boca e um cantor de cabelo gelificado entoaram duas vezes seguidas *"Tu és a criatura mais linda que meus olhos já viram./Tu tens a boca mais linda que minha boca beijou./Tenho ciúmes do sol, do luar e do mar,/Tenho ciúmes de tudo./Tenho ciúmes até da roupa que tu vestes."*

Tirando o "que minha boca beijou", mentiroso até aquele momento, o resto era Petrônio aos pés da deusa. Parte da estratégia, lembra? A outra parte era fazer-se humílimo, o que em definitivo ele não era. Apresentou-se calado, depois de já retirados os músicos e liberado o trânsito, com uma rosa vermelha irmã das outras. Nada disse. Lili concedeu-lhe os dentes brancos porém não o coração sensibilizado porque o coração era, a cidade não sabia, do vizinho Cirilo. Cirilo, já apresentado aqui, também não sabia, embora

desconfiasse, e colocou as armas na cintura quando ouviu sem querer a confissão dos propósitos de Petrônio.
— Melhor explicar isso de "armas na cintura".
Talvez você tenha razão, Cirilo. Pode ser que eu não tenha sido feliz ao falar em *armas na cintura*. Contava que o leitor fosse entender que era uma metáfora para a *disposição de ir à luta*. Jamais caberia atribuir a você qualquer *disposição à violência*. Que não fique mal-entendido. Retifico: Cirilo, já apresentado aqui, também não sabia, embora desconfiasse, e resolveu fazer alguma coisa quando ouviu sem querer a confissão dos propósitos de Petrônio.
— Eu também queria aproveitar a interrupção para pedir um favor — diz alguém que não reconheço. Percebe minha desmemória e se apresenta: — Sou o cantor do "Tu és a criatura". — Ah, sim. — Gostaria de pedir para ser dispensado do conto — continua. — Não sei se os leitores serão muitos e me aflige ter que estar à disposição para representar sempre essa mesma cena. Não tenho importância na trama, bem que podia ser retirado sem prejuízo, o leitor nem ia notar, e eu estaria livre para participar de outra história. Quem sabe outro escritor não me aproveita num romance, numa obra mais parruda. Você mesmo, quem sabe? Aí sim dá gosto participar ainda que como figuração. Certa vez fui sombra no beco de um best-seller, uma das experiências mais fascinantes da vida. Mas neste conto, não me leve a mal, meu futuro é nada, percebe?
É certo que você não tem importância na história, o que está claro quando o apresento sem dizer sequer o nome e sem descrevê-lo a não ser pela minudência do cabelo com gel. Que mais poderia fazer por você além de dar um emprego a quem, sem ele, seria ainda menos? Nem o escalei para adjuvante, o que poderia significar mais trabalho para a quase mesma pouca importância, e você reclama? Não. Sinto

mas não há o que fazer. Não posso prescindir da sua, perdão, insignificância, sem prejuízo para o efeito.
— Pelo menos diga meu nome, conte minha história.
Não, sinto muito — corto sem mais justificativas.

III

Volto à vaca fria do Petrônio ardente, para que escutemos a confissão que Cirilo ouvira:
— Vai comer aqui na mãozinha do papai. É claro que fingirá um pouco para não dar na vista. Só que não vai tardar a lamber-me as botas. Pode escrever. Acaso alguma fêmea já foi besta de recusar Petroninho das Potrancas?

E riu junto com a corja que bebia com ele na mesa do boteco mais desclassificado da cidade. Cirilo — que por certo não frequenta esse tipo de ambiente — em nossa história passava pela calçada e ouviu o que não se cuidava de esconder. Ouviu e entendeu na hora o sentido da canalhice porque havia acompanhado a serenata na rua e a posterior investida de Petrônio. Como Cirilo correspondia ao amor de Lili, teve razão para enfurecer-se. E foi aí que colocou aquelas armas simbólicas na cintura.

Cirilo foi para casa e não pôde deixar de ruminar a informação. Não queria errar na contramedida. Estava nisso quando Ana, que já demorava em entrar na trama, ligou. Queria vê-lo; ele não estava interessado. Só que, como pior seria ficar sozinho e remoendo, terminou por gostar da ideia de estar com alguém, ainda que ela. Dela, seu costume é fugir escorregando, arisco na medida de não dar falsas esperanças mas não tão explícito que possa fazer perigar o relacionamento cômodo. Quando ele queria, tinha. O que fosse. Que lucro haveria em espantar a presa tão bonitinha e desejável? Não tinha coragem de colocar esse cálculo calhorda na calçada da opinião pública porém era como pensava nosso herói, e sei que bem que ele gostaria que eu contasse esse desvio ao leitor mais que nada para escapar da caracterização maniqueísta de personagem raso, bonzinho e imaculado, o que acredita torná-lo quase uma caricatura de tão irreal e fantasioso. Perde tempo. Não permitirei que se concretize neste conto sua tara pela personalidade complexa: aqui ele é plano e pronto. Por isso tal desvio de caráter vai ficar entre mim e ele e não vai ser registrado nas páginas oficiais da narrativa. Para todos os efeitos, Cirilo vai continuar cândido e íntegro aqui, e Ana é quem se aproveita dele.

    Ana veio aquele dia sem saber o que ele ia querer. Fosse o que fosse. Mas não quero insistir muito nessa disponibilidade que cheira a grandeza de alma porque é uma característica que não combina com a Ana deste meu conto. Se tal maquiavélica se dispunha a vir até Cirilo, ele que se cuidasse, como se verá na continuação.

IV

Voltemos o tempo para conferir o momento em que Ana acompanhava a cena que se passava na janela de Lili e depois àquele momento em que viu Cirilo ouvindo o que já sabemos.

    – Um instante, por favor – me interrompe Ana. – Nem pensar. Por ali não passo de jeito nenhum. Jamais. Tem consciência do que está escrevendo? Aquele bar é um conhecido ponto de prostitutas. Nunca poria meus pés nem na redondeza. Não há nada nem ninguém ali por perto que pudesse explicar minha presença na cena. Mude o roteiro, meu bem. Ponha aí que acompanhei a cena na janela da sem-sal da Lili. Isso está bem. No entanto tire essa coisa de ver Cirilo ouvindo o que se passou no bar das putas.

Preciso exercitar uma paciência que ainda não consegui reunir. Calma, calma, que não estou forçando os acontecimentos. Você passou por ali para ir ou vir da costureira, algo assim, mas passou pela mesma calçada, no mesmo momento, viu o que quero que tenha visto (porque a história é minha) e o fez sem ser vista por Cirilo. Passou e está acabado. É o que a história precisa que seja dito, e é o que decido dizer. E não há nada de incoerente entre o papel para o qual você foi escalada e a calçada do bar das putas. Não em minha história. O que faria na vida arbitrária da realidade não me interessa nem um pouco. Não é disso que trato aqui. E mais: não se preocupe com o que é de meu ofício, que disso me ocupo eu. Trate apenas de ser uma competente maquiavélica, que esse é o bom tamanho para seu papel em minhas páginas.

V

Deixemos que o relato siga.

Testemunha e parte interessada, Ana ficou imaginando o que se passava na cabeça daquele que amava e estava ali agora para interferir no que ele, Cirilo, pudesse fazer a respeito, o que, para nosso desagrado, vai levar a demorar um pouco mais o desfecho da história, que, aliás, já está muito cheia de intercalações procrastinadoras, o que fala contra meu domínio técnico como narrador.

Chegou como calda, melosa e derretida. Cirilo badalou de alegria, o que ela viu com a mão acostumada à homenagem. Ele tentou encolher-se para não revelar a fragilidade, para não ficar como sempre sob o domínio da mão buliçosa, mas era tarde. Ana já sorria vitoriosa e avançava só corpo e cheiro, sem som nem pedido de licença. (Preciso conferir depois se este parágrafo não passou do ponto em estilo. Parece *troppo dolce*, como Bandeira avaliaria. *Buliçosa*, por exemplo, vou cortar na versão final. Sem nenhuma dúvida.)

As palavras dela saíram com o gosto recente dele:

– Que mais há para beber? E que cara é essa? – Não é que alguma coisa estivesse evidente na cara dele porém Ana buscava um pretexto para fazê-lo entrar no assunto. (Não sei por que estou explicando isso ao leitor.) Ele não entrou. Desconversou em vez disso. Ela insistiu, e ele entregou-se, que era o que vivia fazendo com relação a ela:

– Petrônio é um crápula.

Ana estava entendendo. No entanto interrompeu:

– Por quê?

– É a Lili. – Contou tudo, e ela então soube de novo o que já sabia.

– E daí? – quis saber mais.

– Não vou deixar que o plano de Petrônio funcione.

– Vai fazer o quê?

Cirilo disse porém não tem importância para nós. O que não podemos deixar de comentar é que Ana saiu dali para capturar Petrônio. Foi fácil. Mas isso também não tem muita importância. O decisivo é a aliança suja que os dois formaram. Em troca de usá-la, não sabia ele que em segunda mão no que ia do dia, Petrônio concordou em mobilizar esquadrilha, batalhão e armada para conquistar Lili e deixar Cirilo sitiado para Ana. Do mesmo modo, concordou com a urgência, despediu Ana na porta com um beijo na bochecha direita e foi à luta.

VI

No caso de Petrônio, o *ir à luta* é literal. Rumou de volta ao bar da corja e das putas, onde arregimentou uma garota para, você já adivinhou, forjar algo contra Cirilo. Pois bem, no dia seguinte, a garota contratada estava contando a uma amiga falsificada o falsificado caso que teria tido com Cirilo, tudo é claro de modo a ser bem ouvida por Lili outra vez apojada no parapeito. Lili se indignou, chorou de decepção, oh Meu Deus, ah Minha Nossa Senhora, etc., etc., etc. Seu comportamento esteve irrepreensível, exato como quero que caminhe a história. O que me preocupa em relação a ela aconteceu ontem naquele ponto em que Petrônio beijava a bochecha direita de Ana. Voltemos, pois, para lá.

VII

Naquele exato ponto, Lili enviava por conta própria uma mensagem a Petrônio. Tomei um susto com a cena fora do script, à revelia do autor. Não cheguei a ouvi-la porém seguro que a mensagem continha promessas cumpríveis apenas se a candura dela já pudesse ser considerada coisa do passado, o que concluo pela cara que fazia o libertino enquanto o rapaz de recado lhe soprava ao ouvido. Quando lhe repreendi o gesto, no entanto já sem condição de impedir o feito, Lili fez muxoxo e ajeitou o sutiã.

Na noite do mesmo dia, pior, deu-se ao desfrute nos braços do pantagruélico Petrônio.

Como se esse pior ainda fosse pouco, eis que Cirilo cumpria o roteiro e se aproximava da casa de Lili para adverti-la sobre o perigo de Petrônio e fazer-lhe logo as salvadoras declarações de amor eterno. Lili voltava da rua (do pecado) por uma porta lateral, bem a tempo de poder atender à campainha apertada por Cirilo. Os outros ocupantes da casa tinham sido dispensados por mim para, como quero que ocorra, assegurar que o encontro fosse entre nossos dois protagonistas. Ao "Entre" de Lili, Cirilo respondeu com a torrente ensaiada, e ela ficou ouvindo e ouvindo com a cara imprecisa de quem tanto podia estar ali como numa gôndola de Veneza.

De outra parte e enquanto isso, Petrônio via Cirilo entrando na casa de Lili e adivinhava o resto, pensava. Descrente na força maligna do antagonista que ele devia ser com meu total apoio de autor onipotente, resolveu recuar até junto de Ana. Agarro a borracha para dar um jeito na deserção mas sou mais lento que a ação e, quando acordo, ele já se aninha nos braços da maquiavélica. Enche-lhe o ouvido com coisas que também me fogem ao controle, e ela lhe dá crédito. Eu advirto Ana para duas questões, que não se esqueça: primeiro, acreditar num facínora como Petrônio é burrice com *b* maiúsculo e, segundo, burra ela não pode ser em minha história, para a qual foi recrutada a fim de encarnar a maquiavélica que preciso que seja. Realço a intimidação com a tesoura aberta embora ela pareça não entender e de todo modo não dê a mínima atenção ao que digo e ameaço.

Volto apressado à cena paralela e constato que Lili paga a cascata de bons propósitos de Cirilo com o inexplicável e desnecessário discurso de confissão sobre a pouca vergonha que se passara entre ela e Petrônio, a quem chegou a referir-se, não sei se com justiça ou ingratidão, como "um palhaço boçal". Eu lhe grito um palavrão e em vão atiro uma régua. Sentindo-se perdido e vendo fracassar a missão de salvador da donzela em perigo, Cirilo arroja-se aos pés de Lili e sujeita-se, sem sinal de dignidade, ao sobejo do rival

Aqui desligo o relógio desta história. Não sou homem de rezar por cartilha imposta. Sou o autor, me respeitem. Personagem é objeto do escritor como o são cenário e peripécias. Não pode segurar as rédeas e utilizar-se de razões íntimas ou impulsos que não sejam os fornecidos pelo narrador oficial. Se não querem cumprir os papéis convenientes, pouco posso fazer quanto ao curso da vida mas tudo quanto ao curso da história com que pinto o papel a meu gosto. Por isso posso decretar que Petrônio, Ana, Lili e Cirilo vivam doravante o tempo interminável da ficção no caos do conflito, no desassossego da tensão sem desfecho, sem prêmios nem castigos. Como Sísifo. Se não era isso o que procuravam, foi o que encontraram.

7
O inseto friorento e o vento feral

Para um xilófago, essas microscópicas lascas de madeira amarela servem, mais que a qualquer outro propósito, para alimentar com calor a circulação de modo que o fogo interno que conforta não faça falta para neutralizar os efeitos do vento sobre a membrana em descamação.

As chicotadas frias desenhariam riscos na pele desprotegida, por onde a foice de gelo venceria as defesas e invadiria as entranhas como uma chuva de granizo sobre os órgãos internos. Contribuição final para o inóspito da paisagem sem viventes, pouco a pouco meu organismo perdedor estaria necrosado.

Agora não há mais nada no mundo pálido em que vivo só. Mesmo que eu tivesse facilidade para mover-me em círculo, não veria mais que nada. Nenhum ser vivo, nenhuma marca de passagem. Nada. E o nada é cinza, aqui perto, e azul, lá longe. Fora essas duas cores e o amarelo da comida, meu mundo é de uma uniformidade desesperante.

Há muito não me movo de onde posso observar a vastidão. Nem sei por quê. Melhor talvez fosse um posto com menor amplitude de visão para preservar a esperança, ainda que eu desconfie que, de tanto não conhecer esse sentimento, não saberia mais reconhecê-lo.

Talvez não me mova porque não possa. A contração dos anéis em volta do corpo, que dá impulso para o movimento, hoje é quase impossível pelo aumento extremado de peso e volume. Por isso arrastar-me por um centímetro que seja é exagerado tormento.

Desde que tudo começou, não saio do meio desses cavacos amarelos que me garantem a vida. Alguém sairia? Abandonaria essa quantidade farta de alimento fácil? Em troca de quê? Não sinto o menor ânimo de agir como idealista. Para quê e por quê? Não vejo razão para sair por aí apenas pela perspectiva de encontrar outra vez a diversidade. Em que ela me beneficiava naquele passado? Acaso a vida em meio aos diversos era mais fácil? Acaso concorrer por comida e abrigo ou estar sujeito à bicada mortal dos predadores tornavam a vida mais agradável? Eles que se danem, se é que em algum lugar ainda existem depois de tudo.

Perdi vantagens, é verdade. Nunca mais a variedade de larvas, lagartas e insetos menores que povoavam o mundo de antes. Nada substitui o prazer de fazer explodir com as mandíbulas um pequeno corpo suculento e sentir o líquido viscoso se espalhar pela boca, banhar as papilas e despertar a memória dos banquetes comidos ou sonhados. Nesses momentos a vista escurecia, e, no espaço de uns eternos segundos, a existência era uma ventura, um gozo.

A algazarra dos interesses concorrentes era também uma espécie de conforto masoquista. A mútua vigilância ameaçadora representava a calma do estresse conhecido, que energizava e dava a sensação de identidade com o mundo, aquele mundo de disputas naturais. Estava bem que fosse daquele jeito. Era assim e ponto.

Depois de ocorrer o que ocorreu, cheguei a pensar em refugiar-me debaixo da terra. Aliás, cheguei a ficar ali por um tempo. Continua com alguma pouca comida e boa umidade, e o barro apertando de todos os lados me conforta. Mas não é lugar para passar a eternidade do resto de vida que ainda terei. Não quero tranquilidade. Saí.

Não quero tranquilidade. Aceito muito agradecido a oportunidade de não correr riscos desnecessários no entanto não consigo viver sem a ameaça do predador. Sem poder imaginar o perigo na volta de alguma esquina escura, a existência fica muito pesada. Quero o predador estimulante, que me faça espernear para permanecer vivo mas que seja vencível, que me garanta a possibilidade de ir ganhando dele rounds sucessivos até chegar o dia do encontro com o fim indiscutível.

Logo após sair da terra e me alojar aqui, maquinei batalhas contra as hordas de desesperados que apareceriam no arrasa-quarteirão típico das grandes catástrofes. Em seguida me dei conta de que aquela não era uma grande catástrofe – era *A Catástrofe*. Não haveria hordas. Eu era todos os sobreviventes. Daí a inesperada aflição de não ter ou pelo menos não divisar adversário, o que me parecia quase a morte. E eu não queria morrer.

O pior de tudo era que o alimento também estava ali, à mão. Nem por ele eu teria de brigar. Por isso tracei um plano de revitalização. Em resumo estaria quase imóvel e apenas comeria. Comeria muito. Sem movimentar-me, o futuro era engordar e engordar. Foi o que aconteceu. E foi como eu queria que acontecesse: o corpo enorme estica a pele até o limite de sua elasticidade natural. Quanto mais esticada, mais vulnerável, eis a volúpia do risco. Vulnerável à ação de quem? Eu poderia com a maior facilidade, por exemplo, suicidar-me usando um graveto como arma porém isso não interessa ao propósito de encontrar razão para a vida. Repito a pergunta: minha nova condição de gordo, com o enorme perigo da pele estirada, me torna vulnerável à ação de quem neste mundo desabitado? Única resposta: do vento. Apenas o vento pode representar o perigo que me faz querer não abdicar da vida que tenho que viver.

Pesei as diversas variáveis e estou desconfiado de que acabei por inventar o *moto perpetuo*: quanto mais engordo, mais vulnerável ao chicote do vento na pele esticada; quanto mais como para engordar e esticar a pele para ficar vulnerável ao vento, no entanto, mais calor acumulo para defender-me do vento. Encontrei na inação a joia única do movimento imparável. Divirto-me com a situação. Agora sim posso enfrentar a eternidade com um engenhoso ardil. Sim, estou pronto, mesmo com o aparente problema de que o vento nunca mais tenha voltado a ventar. Paciência. Não são apenas os inimigos visíveis os que merecem o engatilhar de nossas armas.

8
Embicados

É bem possível que o avião não vá cair mas o diabo é que o bico já está virado para baixo, sem obedecer de jeito nenhum aos comandos que tento ver funcionar com desespero. Apesar de tudo, melhor é acreditar que ainda seja possível evitar a queda e a morte certa.

Meu Deus. Não vão conseguir pousar. O avião vai cair em cima da gente se não dermos um jeito de pular fora com rapidez. No entanto como sair se estamos justo grudados nesta fenda de gelo desde ontem? Bem que gostaríamos de escapar, não só do avião que nos ameaça mas desse abraço gelado que queima e entorpece. Quem sabe a queda do avião até não ajuda a romper o gelo?

Não há mais a fazer. Desisto. Vamos cair, posso pressentir o frio na barriga, a falta de ar, a ânsia por terra firme, o medo do impacto. Tantas vezes tive medo desse pavor. Mas que é isso? O motor parece voltar a ter força, a responder à aceleração. No fundo da esperança, eu sabia que era possível. Vamos conseguir. Voltei a ter o comando, parece. Acelero com força, retomo os freios, vou arremeter. Com que prazer voltarei às nuvens num momento em que tanto desejo a terra.

Que é isso? O avião parece freado no ar. Vai levantar o bico?

Diabos. Arremeter não consigo, mesmo que a velocidade tenha diminuído muito. Não voltaremos às nuvens, é pena. O consolo é que, a esta velocidade, a batida agora não será tão violenta. Quem sabe escapamos?

Não vão bater mais com tanta força. Quem sabe não sobrevivem?

Pronto. O branco do chão avança sobre nosso peito, o avião tem o bico aprumado na direção do solo. O gelo parece sólido, duro demais para não nos esbagaçar no choque. Vejo alguns pontos negros na alvura resplandecente. Serão pessoas, animais ou tufos de rocha não abraçados pela água congelada? Voou algo ali: um pássaro? O branco cresce no para-brisa, e os óculos escuros não são suficientes para proteger os olhos. Fecho-os a poucos metros do local do impacto. Seja o que Deus quiser.

É agora, penso enquanto faço o esforço inútil para me virar de lado e escapar do perigo. No entanto nada em mim se movimenta além dos olhos nesta prisão de gelo.

Que soco, caramba. Vidros na cara, algo quente acaba de passar roçando por mim, procuro não me concentrar nos gritos. Depois da pancada, estamos, é incrível, deslizando sem esbarrar em nada, sem mudar o trajeto, um barulho dos infernos.

Passou perto de nós e não nos alcançou. O bico abriu um buraco no gelo e fez inclinar a espécie de montanha onde estávamos presos, o que nos leva a deslizar para lá, atrás do avião, que agora começa a entrar gelo adentro como varando uma nuvem.

A sensação é de descer por um gigantesco escorregador. Não parece um acidente, e esse frio na barriga lembra uma brincadeira. Ninguém grita mais, o barulho acabou. Espero que não tenha havido mortes. Só que agora nem posso pensar em verificar nada. Vai tudo bem embora muita coisa tenha vindo para cima de mim, eu sinta o gelo contra o corpo, e a vertigem da descida descontrolada não me dê certeza de nada.

Estamos descendo a uma velocidade incrível atrás do avião. Não conseguimos nos dar as mãos porém sinto que estamos quase juntos. Ainda ouvi uns dois gritos, menos de dor que de surpresa. *Agora não mais. Apenas a sensação de descer por um escorregador enorme. O gelo derrete um pouco pelo calor do avião, o que faz com que deslizemos por uma fina camada de água líquida. Não chega a incomodar. Ao contrário, é até agradável. Parece que perdi um dos sapatos. Não sei bem.*

Não paramos nunca mais de descer gelo adentro. Não dá para entender o que se passa, nem afinal que espécie de túnel é esse por onde corremos com absurda suavidade. Existe ainda cabine em volta de mim? Como está a fuselagem em volta dos outros?

Às vezes sinto que vou enjoar. É uma vertigem de não mais acabar. Que bom se encontrássemos logo terra firme, que desaparecesse o oco que me toma a barriga e o peito. Seria desesperante se não houvesse o torpor, essa embriaguez que não me permite decidir se o que tenho é uma sensação agradável ou desagradável, se é uma experiência de terror ou um prazer que chegarei a desejar de novo.

Me dou conta de uma coisa. Estamos descendo no escuro, e apenas umas poucas faíscas do próprio avião é que nos dão de quando em quando noção do que se passa. Levamos segundos, minutos ou dias deslizando?

Não fosse o fogo que o avião provoca, não enxergaríamos um palmo diante do nariz. Há quanto tempo descemos? Nem noção. Vou experimentar gritar. Estou gritando "Ei, há alguém aí?" mas não há segurança de que o grito esteja saindo. Será um grito apenas em minha cabeça? Queria tanto saber se todos estão bem. Será que se desprenderam e estão deslizando comigo atrás do avião?

Não consigo saber uma coisa: estamos ainda entrando na vertical ou já passamos a deslizar na horizontal? Ouço como que gente conversando atrás de mim, fora da cabine. Não há tom de desespero, talvez alívio ou surpresa. Não posso crer que não seja uma alucinação.

O avião parece ter dado uma guinada, não dá para saber se acertando a inclinação para a horizontal ou piorando o ângulo na vertical. Entretanto estou como que sonhando e não sei se tudo não passará de ilusão.

Entrou uma lufada de vento colorido. Que digo? Sim, é isso mesmo: vento colorido. Inspiro golfadas de ar amarelo e vermelho. E é como se estivesse respirando o ar transparente de cada dia: não sinto nada. Ou melhor, sinto como se o gelo abrandado me enchesse as veias e os pulmões. Estaria morrendo?

O que parecia sangue vindo do avião é uma espécie de gás vermelho. Há nuvens de gás amarelo que se insinuam no vermelho e me invadem também as narinas. Me deu medo mas a respiração está normal, apesar da moleza, do desfalecimento.

Não. Tudo indica que não estou morto ou morrendo. Estou andando pelas lembranças como se os tempos fossem lugares. Bisbilhotei os acontecimentos da vida como um desconhecido quase indiferente. Foi estranho mas já passou. Voltei a ver a escuridão. Tento por instinto agarrar algo no teto do avião (ainda existe?) para me defender da sensação de queda sem fim. A mão bate em alguma coisa, que não identifico, porém não se firma em nada. Fecho e abro os olhos.

Estou quase achando melhor que tudo esteja assim escuro. Dobro-me sobre o estômago como para impedir o vácuo de crescer. Descruzo os braços e resolvo fechar os olhos e pensar no que não fui. Está bem que não seja surpresa, mesmo que não deixe de ser curioso e desconcertante, confirmar que tenho não sido mais do que sido. A principal falta é a mais descritiva: a de não ter podido fazer mais pelos que amo ou amei. Será que alguém que não seja um chato repelente o conseguiu na vida? É melhor acreditar que não. Ou que sim. Talvez melhor seja me convencer de que sim teria sido possível ser mais – mais útil, por exemplo – apenas para sofrer um pouco de aflição psicológica em substituição a este pavor físico do fim da descida para não sei onde.

Estamos nos aproximando de uma pequena lombada no gelo ainda meio iluminado pelas luzes amarelas e vermelhas. Quicamos na lombada e estamos subindo.

O avião subiu igual fosse rebatido por uma raquete gigante. Nós não nos desviamos da rota cega para o incerto. Vamos rápido, e o avião está suspenso no ar sobre nossas cabeças. Agora passamos dele e assumimos a dianteira do cortejo.

Voltamos ao chão de gelo. Que seriam os pontos escuros que estão agora deslizando a nossa frente? Não consigo saber. De qualquer jeito, vamos passar por cima deles e não demora.

Deus do céu. O avião vem na nossa cola e a qualquer momento passará por cima de nós. Tivemos uma inexplicável sorte até aqui mas acabou. Será uma questão de minutos, talvez segundos. Não mais. Melhor acabar logo com este tormento. Vou morrer de toda maneira apenas da vertigem, da falta de ar... Pois que venha a fada da morte. Fecho os olhos e aguardo. A expectativa do choque pelas costas acrescenta uma nova sensação tormentosa ao turbilhão esquisito. Algo entre o frio e o arrepio, entre uma fisgada na coluna e um coice no estômago. Adeus, digo em silêncio aos companheiros que não vejo nem ouço porém sei que me acompanham no tobogã da agonia. Adeus, repito, pela primeira vez afagando os brincos, um gesto inexplicável. Deslizo e aguardo.

Escaparam pela direita. Uma falha no solo fez as coisas escuras saírem da frente do avião. Nós seguimos sem desvio.

Abro os olhos e descubro que não morri ainda. O avião está outra vez a nossa frente. Parece que nos desviamos por um momento e voltamos ao caminho original, tempo suficiente para escapar do atropelamento. Creio que o avião perdeu alguns pedaços nos últimos metros. Ou é que agora podemos ver com mais clareza por conta do sol do dia que vai amanhecendo? Aliás, nem sei se podemos *é a palavra adequada. Quem mais sobrou, quem mais está comigo? Não posso saber.*

Estranho, como tudo que vem acontecendo nesta esquiação que nunca acaba, começa a amanhecer. Aqui debaixo da terra ou seja lá onde estejamos, parece muito estranho que o sol nasça. Só que é o que está acontecendo.

Que bonita paisagem estávamos perdendo. Dos dois lados do túnel por onde deslizamos, há uma confusão de verdes e azuis dominando outras cores, muito movimento do que parecem animais ou, quem sabe, pessoas. Só que não há ninguém olhando por curiosidade, o que seria de esperar quando do lado de onde um está passa um avião a toda velocidade seguido de pessoas em rara procissão de esquiadores sem esqui. Ou não será aqui um espetáculo raro o suficiente?

Como viajando num trem silencioso e estável, continuamos a deslizar. A paisagem incrível pela janela é muito colorida, forte em seu apelo à vista. Parece-me uma sucessão de fazendas dentro de um shopping center embora não consiga divisar nenhum detalhe em especial. É tudo uma sensação sutil, talvez pela velocidade e mais pela inclinação com que viajamos. Creio não ter mais estômago. Não sei também se continuo respirando porque os condutos de ar do corpo há muito estão anestesiados.

Estou calma, se é que se pode falar de calma despencando por um precipício infindável. A única sensação física de consciência do corpo é a da dureza dos bicos dos seios roçando a roupa. Tudo o mais é uma espécie de delírio, de prioridade rasa da alma sobre a matéria. Vou ao cinema, tomo um suco, sorrio ao desconhecido que me saúda insinuante numa praça também desconhecida, quase me choco com um rinoceronte de saiote numa bicicleta, afago o braço peludo de um macaco-prego que me pula ao ombro, mordo um arco-íris com gosto de bolo de aniversário.

Ao longe o gelo parece mudar de consistência. Há uma clara alteração na aparência: da dureza e lisura da pedra d'água para a pastosidade encrespada do mingau de aveia. Deliro? Vou saber logo porque acabamos de entrar no mingau.

O avião saiu do gelo para um mar de areia. A velocidade diminui com um leve solavanco. O avião escorrega mais alguns quilômetros e para, e afundo alguns centímetros, talvez meio metro, na areia gelada quase neve atrás do aparelho prateado, e também paro.

Não me mexo por um bom tempo. Fecho os olhos e espero.

Não tenho energia para me mexer e fico de olhos fechados por um tempo. Não se ouve nada.

Já é hora de reagir. Ainda estou preso à cadeira pelo cinto quando dou a primeira olhada na paisagem e viro o pescoço para trás quanto posso para conferir o interior do avião. O silêncio é de tumba, o que nas circunstâncias não deixa de ser uma metáfora óbvia.

Não sei se é interferência da vertigem mas não encontro nada mais criativo para classificar a paisagem que "deslumbrante". Aprecio mais esse branco onipresente agora que estou firme e parada neste meio do nada.

Começo a enervante providência de checar se estou bem e inteiro. Apalpo-me desde a cabeça, do rosto para a nuca, até as pernas, da coxa para os dedos do pé. Encontrei uma protuberância assustadora no peito e constato que é uma pequena bolsa de couro que os solavancos fizeram cair para dentro da camisa. Outra coisa não há. Estou, viva!, inteiro e bem. Vou sair da cabine pelo buraco lateral na fuselagem. As pernas estão bambas porém caminho com relativo desembaraço.

Não morri e não me falta nada. Desgarro-me com certa dificuldade da areia gelada e levanto-me com mais esforço ainda. Dou alguns passos sem rumo e tenho vontade de deitar-me e ficar parada por um momento. É o que faço. De repente um estrondo. Estava bom demais para ser verdade.

Corro no rumo do barulho embora não seja fácil locomover-me na areia. Com esforço chego até a borda do que parece um despenhadeiro. Uma explosão deve ter provocado avalanche porque, pelas escarpas que vão dar quilômetros abaixo num amontoado do que parecem casas mal divisadas sob a neblina que cobre o vale, rolam alguns vultos ou pedaços de gelo. O certo é que não me arriscaria a descer por este lado. Volto para perto do avião.

Levanto-me assustada. Arrasto-me devagar para o lado de onde deve ter vindo a explosão. Não sinto as mãos geladas, que uso como alavanca para o corpo na ida penosa até a borda do barranco. Gelo e neblina cobrem tudo a partir da ladeira. Parece que um furacão gelado varreu a encosta e empurrou coisas que rolam para baixo. Há umas manchas mais escuras lá longe. Não saberia dizer o que são porque nada é claro no tempo embaçado. Pela primeira vez, tenho vontade de chorar e até chamaria por minha mãe se tivesse força. Não tenho. Fico sentada por uns minutos olhando desinteressada para a paisagem assustadora e bela, muito, muito bela, que no entanto não me comove porque é hora de movimento e não há folga para deleite.

Um passo dado na areia e desanimo. Passei por tanto, merecia um pouco de frouxidão, sossego. É que vencer os passos pesados na fofura do gelo arenoso me deixa com vontade de não ir, de não fazer. Deitar me agradaria, passar, quem sabe, um mês esparramado na areia, sem mover uma pálpebra, quietinho, quietinho. Até ficaria deitado se não fosse a urgência de entender. Olho de novo tudo o que me permite um muito lento giro de 360 graus em torno dos calcanhares. Branco, branco de arder. Até o horizonte, que não parece distante, o que me reforça a impressão de estar numa montanha, o branco angustiante é o único tom. Inclusive o avião, pelo reflexo do gelo no prateado, se vê branco. Decido explorar um pouco à esquerda de onde estou voltado para o avião. Ando sem pressa embora tenha me imposto uma cadência para não esmorecer. Tenho que descobrir, que saber.

Mudei de plano. Não vou sair daqui pelo menos enquanto não me sentir recuperada. Com mais força, vou aproveitar melhor o passeio exploratório. Por isso permaneço sentada.

Nem bem andei trinta metros, estava ela. Sentada de frente para o despenhadeiro, parece desligada do mundo. E está. Os olhos fechados, a respiração pausada, o rosto sereno, não me percebe chegar. Parece que está bem, que escapou. Não sei por que pensei nisso de escapar porque até o momento eu não sabia que ela era um dos pontos negros que o avião quase atropelara, o que concluí depois pelo estado da roupa e algumas manchas na pele dos braços. Toquei-lhe o ombro, ela me olhou sem susto, não sorriu nem nada. Eu lhe perguntei se estava bem, ela abriu e fechou a boca algumas vezes como se estivesse falando mas não emitiu som algum.

Deve ser piloto do avião. O uniforme está completo, ele treme um pouco. Tentou me falar alguma coisa, ensaiou, moveu a boca mas ficou mudo. Deve estar abalado porque não parece ter entendido nada que eu lhe disse. Pelo menos não respondeu a minhas perguntas.

Continua tentando entretanto não consegue falar. Desisto de saber alguma coisa agora e limito-me a convidá-la por gestos a me seguir na caminhada. Ela parece concordar e se levanta. Sacode um pouco a roupa para livrar-se do gelo, passa as mãos nos cabelos e me acompanha.

Ele está mudo e parece não se dar conta porque continua a articular palavras que não lhe saem da boca. Quer que o acompanhe. Vou com ele. A princípio em silêncio. Depois as muitas perguntas querem ser feitas e eu lhe falo, em seguida lhe grito, já que permanece me olhando com cara espantada e sem responder com sons, apenas movimentos da boca.

Ela está impaciente. Creio que ainda não sabe que não pode falar porque se esforça quase ao desespero, tenta gritar mas nenhum som. Pergunto-lhe por gestos toscos se ela não está conseguindo falar. Me diz que sim e que eu é que não estou dizendo nada audível. Respondo-lhe falando que sim, posso falar sem problema, e ela me fala com apoio de gestos: "Não disse que você não pode falar?" Eu lhe devolvo a observação e insisto que falo, me escuto falar, e que o problema está nela.

Alguém está louco aqui, e não sou eu. Os sons da minha voz chegam com perfeição a meus ouvidos. Não há nada de errado comigo. É com ele. O mesmo me diz ele e nos damos conta de que ambos estamos seguros de falar com normalidade porém o outro não escuta. Ele me leva até a cabine do avião. Toma o microfone do rádio, fala umas palavras, e o ponteiro no painel se movimenta. Ele me diz: "Vê como estou falando?" Eu lhe tomo o microfone e também passo no teste. Logo ambos falamos mas não ouvimos o outro. Me pergunta sobre outros sons e lhe confirmo que sim, escuto bem. Para exemplificar bato na lata do avião e escuto. Ele também escuta, me informa. Nos calamos e temos consciência do imponderável.

Terminamos de dar uma volta pelo lugar, e vejo que paramos a metros do precipício que se abre para qualquer lado que olhemos. Parece não haver a menor chance de descer dessa espécie de platô em que nos encontramos. A saída só pode estar então em voltar por onde viemos.

A testa larga que ele tem, observo, me deixa menos complexada com a minha. Empatamos também no outro motivo de queixa com o físico: ambos temos bochechas salientes. Talvez por essas coincidências não tenha eu a sensação de caminhar ao lado de um estranho. Falo-lhe devagar sobre o que me passou e senti na queda. Especulo em desordem sobre onde podíamos estar. A verdade é que nem imagino. Sei que o avião entrou chão adentro, bico quase na vertical, o que me faz supor que estejamos debaixo da superfície da Terra. Apesar de essa conclusão ter sua lógica, o que passou e o lugar onde nos encontramos não podem ser explicados por nada que conhecemos. No entanto, com ou sem explicação razoável, nos passou o que passou e estamos onde estamos. Vejo que ela não acompanhou nada do que eu disse. Não ouviu, claro. Também não tenho paciência de explicar por gestos e deixo para lá o assunto.

Não tenho disposição para estar atenta ao que me diz. Na certa tem a ver com o que aconteceu conosco. Não já. Teremos tempo para discutir, concluir e fazer planos. Neste momento tenho mais cansaço e enfado que curiosidade. Penso em dormir um pouco. Chego perto do avião, remexo entre as poltronas e recolho o que me dará o conforto que busco: mantas e travesseiros. Estendo algumas mantas e ajeito os travesseiros. Deito-me e durmo logo.

Estou tão cansado e não consigo dormir. Ela dorme como eu, de lado e encolhida. Vejo que de um dos bolsos do casaco quase cai um papel, que de mais perto descubro ser um documento. Cedo à tentação de pegar com cuidado. Ela não acorda. Leio que seu nome é Clara. Como o meu é Luís, invento um jogo que encontra entre nós algo em comum: Clara, claridade, luz; Luís, luz, claridade. Sorrio. Preciso sorrir. Não devolvo o documento ao bolso porque não quero esconder o que fiz. Ao contrário, conto-lhe tudo quando desperta várias horas depois. Como seria quase impossível contar-lhe por gestos a descoberta do trocadilho com os nomes, fico em sua frente e movimento os lábios sem pressa. Ela não sorri embora me olhe nos olhos. Em seguida me vistoria inteiro, tocando em algumas partes do corpo, comparando outras com partes correspondentes do seu. Olha outra vez nos olhos, sai de perto e anda um pouco para lá e para cá. Não sei o que se passa e aguardo.

Não pode ser. Quer dizer, não podia ser. No entanto é o que é. Por isso viemos dar juntos aqui, está explicado. Por isso tudo isso. Mas que será que significa? Qual será o propósito, se é que de verdade há um? Ele tem consciência do que se passa? Embora não creia que ele saiba, é possível.

Quando ela volta para perto de mim, junto – por instinto, creio – os dois dedos indicadores, e ela concorda com a cabeça. Caramba, penso. O baque é para desabar porém reajo: bem, se o destino maquinou esta coincidência, aproveitemos. Dois de nós seremos mais, não é?

Você não está entendendo, digo-lhe de frente. A individualidade é una por definição. A duplicidade é antinatural e subverte. Quem dos dois concretizaria as intenções e as potencialidades compartilhadas, intenções e potencialidades mais do que semelhantes, singulares e de existência possível uma única vez? No curso das ações, quem assumiria o protagonismo? De onde viria e para onde iria afinal a energia correspondente ao ser, que é único, ainda que projetado como duas realidades impossíveis?

Me desloca a súbita verbosidade do discurso dela. Tento chamá-la à realidade: não, não é assim. Calma, fique calma. Isso que você diz é filosofada, desculpe. Conversa fiada, só conversa fiada. Não se dá conta de que nossas vidas anteriores são a prova definitiva de que não é nada disso? Como conseguimos viver até hoje? De que ser uno fala você se até aqui fomos dois, com toda a naturalidade dois?

Antes disso não éramos dois, éramos cada um em sua própria vida. Antes tínhamos dois caminhos, cada um podia seguir o seu. Agora isso não é mais possível. Não mais depois da consciência de impossibilidade.

O que você quer dizer com essa arenga? Aonde quer chegar, me diga? Acha pouco estarmos aqui assim e procura se empenhar em construir o anúncio de outra desgraça? Quer me convencer de que, justo num momento em que a cooperação poderá fazer a diferença entre morrer e voltar à vida, a única saída é lutarmos um pela destruição do outro? Quer me convencer de que viemos ao fim do mundo para encontrar a encruzilhada inescapável que a vida normal não seria competente para oferecer?

Não sei se viemos para. O que sei é que a encontramos.

Não me suicidarei em você, pode estar certa.

Não, não, por favor. Não se trata disso. O desaparecimento de um de nós não equivale a uma morte.

Estamos prontos. Após a conversa, voltamos ao avião e fizemos uma exploração minuciosa de instrumentos, ferramentas, mantimentos, roupas, calçados e outras utilidades encontradas nas bagagens. Estamos apetrechados e resolvidos a refazer o caminho, a voltar ao começo. Quando iniciamos lado a lado a marcha por sobre os rastros na areia gelada, eu extrapolo aflito até um dia indefinido lá na frente e não consigo divisar, por mais que me esforce, por mais que aperte os olhos, qual de nós é a figura altiva que caminha com as mãos nos bolsos por aquela rua de subúrbio e graça.

Estou serena quanto é possível neste nível de incerteza que ambos temos agora que vamos começar a volta. Apesar de tudo, uma coisa pelo menos é certa: nossa marcha de retorno vai nos levar a alguma definição. Ainda que não saiba qual será, haverá uma. Lá na frente, um de nós, um de nós tocará esta vida. Se o problema nunca esteve em andarmos os dois sobre a Terra, porque andávamos, não é mais disso que se trata. Podíamos ser dois em paralelo porque não sabíamos. Aí está: agora sabemos.

9
Hoje que o fuzilamento foi ontem

Ontem, 22 de dezembro de 1849, Fiódor Mikhailovitch Dostoiévski soube que sua pena de morte tinha sido convertida em trabalho forçado na Sibéria. A notícia não veio como uma graça e sim como um castigo adicional. A informação sobre a decisão do czar só foi dada depois de Fiódor haver sentido, durante aflitivos minutos de espera, a sensação apimentada do impacto e da penetração da bala rápida e quente ora no peito, ora no alto da cabeça; ora na virilha, ora no globo ocular. Por isso muitas vezes na vida se veria de novo no palco da praça Semenóvski, em que, de olhos vendados, era observado a poucos passos pelo cano dos fuzis. Mesmo em outras cidades, Fiódor repetidas vezes voltava a ser vendado naquela praça até o dia em que morreu.

Fiódor não teve raiva de Petrashevsky, nem de Spechniev, nem dos outros conspiradores com quem tinha sido preso, nem dos carcereiros, nem do povo estúpido que olhava lá de baixo o espetáculo. Não teve raiva do paizinho Nicolau I, obrigado a viver tão distante dos porões e dos becos que tinha a desculpa de nada saber sobre ele, Fiódor, quando assinou a condenação. Não teve raiva dos Céus ou do Destino, que lhe haviam metido naquela situação degradante em razão de ter feito quase nada para a merecer. Fiódor teve ódio mortal foi do oficial da guarda que deu ordens de abaixar armas para o pelotão que estava por matar os primeiros três condenados, sabendo desde o início, porque o miserável já sabia do indulto, que tudo era apenas uma encenação demoníaca. Naquele dia "mais feliz" da vida, em que se revelou a farsa da execução e os quase executados renasceram, Fiódor pressentiu que iria matar o oficial. Algum dia ele o faria.

No momento em que o oficial se aproximou como parte do ritual de quebrar uma espada na cabeça de Fiódor Mikhailovitch Dostoiévski para significar que ele deixava de ser um cidadão, não pôde imaginar o que a respiração pesada do prisioneiro significaria dali em diante em sua vida. Fiódor inspirou o oficial da guarda e levou-o dentro dos pulmões, agasalhado à revelia nos bronquíolos e alvéolos do peito opresso de prisioneiro.

Hoje, grilhões nos pés, Fiódor vai para a Sibéria e leva o oficial extrafísico para sempre. Não são todos, como agora sabemos dos tantos estudos em tantas universidades do mundo, mas alguns escritores têm o poder ainda não inteiro desvendado de aprisionar as gentes para usos indeterminados. Dostoiévski era um deles.

Fiódor não percebia mas havia outro algo mais que estava trazendo consigo da praça Semenóvski, algo que lhe tinha sido acrescentado à bagagem quando, ao embarcar na carroça de volta à prisão ainda em São Petersburgo, chegara perto daquele que iria ser seu carrasco. Era um jovem guarda que tinha escolhido Fiódor como vítima preferencial aquele dia embora tivesse fabricado em vão o fermento da morte no coração irresponsável do matador que ainda não era. O jovem tinha decidido que aquele desconhecido à esquerda do mais alto do grupo de condenados receberia um tiro inequívoco de seu fuzil, seria seu executado particular do dia. Miraria a cabeça ou o peito e mataria Dostoiévski. Estava decidido. O Fado porém se ocupou de frustrar o projeto leviano de inaugurar antes da hora a carga de mortos aleatórios que haveria de levar nos ombros sem galão.

Portanto não foi sem uma chispa que prisioneiro e guarda ficaram um a menos de quinze centímetros do outro, por uns dez segundos, perto do degrau da carroça. Fiódor não percebeu mas o desperdiçado pó do fermento da morte saltou de seu quase matador, grudou-lhe pela roupa de prisioneiro e foi com ele rumo ao novo destino sob o gelo. Como se sabe, o fermento da morte não se compraz com a frustração quando fabricado pela alquimia tosca dos corações irresponsáveis: essa água-régia que escapa em suspensão pelos ares insalubres precisa fomentar sua carga de desgraças. Precisa matar. Para isso existe, para isso resulta.

O outro tampouco notou como se desvencilhou daquilo que, de outra forma, lhe teria feito sofrer por abstinência a nostalgia do impulso assassino contrariado, atribulação que dura entre cinco e sete dias, segundo registra a tradição. O fermento da morte não utilizado cobra sua carga de maldição. Sem o alívio de transferir a carga funesta para o outro, o jovem tolo não poderia durante os dias de purgação aproximar-se de mulher nem alimentar criança ou idoso. Sua presença empesteada atrapalharia a ovação das galinhas e o nascimento das crias do rebanho, solaria os bolos e murcharia os pães da casa. Teria que se afastar do convívio da família ou traria o mau agouro do fracasso e do desengano. O pó que viajou na roupa de Fiódor levou consigo para longe as negatividades que teriam cabido ao jovem guarda apesar de tal substância maligna não ter perdido a acidez e a fome corrosiva.

No dia seguinte, Fiódor avançava pela brancura enregelante puxando um trenó e arrastando mais de cinco quilos de grilhões. Quando o comboio de desgraçados parou com o pretexto irônico do almoço, as úlceras já começavam a aparecer em pés e pernas de Fiódor mas ele exultava com a extensão da vida, com o bônus sagrado que lhe havia sido regalado pela Divina Providência desde ontem na praça

Semenóvski. Fiódor não via a vastidão gelada porque mais vasta era a gratidão e o sentimento de submissão à vontade do Altíssimo. Fiódor estava em êxtase enquanto mastigava o pedaço de pão duro.

Antes do gole d'água, Fiódor afastou-se um pouco do grupo ao perceber que algo estava se passando por baixo do peito. Lá dentro os movimentos ciliares empurravam o muco em torno do corpo estranho que se agasalhava no pulmão desde ontem. Fiódor estava esperando outra coisa, estava temendo a repetição de seu horror periódico: passar de novo o tormentoso momento da perda do controle sobre o corpo e do enorme sofrimento para a alma que ele de vez em quando experimentava na vida. Temeu que o ataque o levasse a ficar ainda mais à parte da humanidade naquela degradação extrema em que já se encontrava. Porém sabia que nada poderia fazer. Esperou os espasmos, a tremedeira, a ânsia do grito inumano, o apagão. Viriam. Olhou mais uma vez o grupo, calculou quanto do tormento que estava para começar os companheiros de comboio ouviriam daquela distância e tentou relaxar os músculos e a consciência. Só que o pulmão trabalhava autônomo, e não era o que o prisioneiro esperava que fosse. O movimento de dentro para fora estava para expulsar o invasor, pelo nariz ou pela boca, e a ansiedade pela razão errada subia aos borbotões. Fiódor esperou o ataque, a súbita prostração, e o que veio foi uma única tosse, forte e quase silenciosa, que jogou no gelo do chão o oficial da guarda.

Alheio e encolhido, não dava mostras de perceber o condenado à distância de um passo. Fiódor abaixou-se para agarrá-lo ou observá-lo melhor, e foi nesse momento que o pó do fermento da morte deslizou pela roupa do prisioneiro e caiu em nuvem sobre o oficial que acabara de ser expelido pelo condenado. Completava-se assim o ciclo imperioso dos

três portadores do miasma endiabrado. *Três, três passará, derradeiro ficará.*
O oficial então saiu da letargia e empertigou-se cara a cara com o condenado. Assumiu a expressão de um comandante prestes a gritar alguma ordem aos subordinados e ia colocar Fiódor em seu lugar diante da autoridade quando foi contido pelo inesperado. Os soldados em formação atrás dele puseram os fuzis no chão e marcharam para o superior. O oficial extrafísico foi arrastado até o lugar onde o grupo uniformizado montava uma estrutura de madeira. Aos poucos se via a forca emergir do balé das toras erguidas por tantos braços. A corda foi amarrada na trave paralela ao chão, e o oficial atônito viu o nó em volta do pescoço ir sendo apertado com rudeza por um sorridente subordinado. A ponta da corda foi puxada lá do outro lado, e o corpo agitado passou a subir no ar. O oficial sentiu que o pescoço ia partir-se a qualquer momento. Mas soltaram a corda, e ele se esborrachou no gelo do chão embora a dor não lhe tenha privado de ouvir com nitidez a risada de cada um dos soldados que comandara até ali com rigor e sob a subserviência do maior pavor. Já em São Petersburgo, o oficial físico teve um enorme desconforto súbito e precisou voltar para casa, e a mulher perguntou se precisava chamar o médico. Precisava. No outro lado do mundo, Fiódor dispensou os guardas da tarefa de atormentar o chefe, amarrou o oficial extrafísico com um fio que destramou da barra da roupa, assoprou sobre a palma da mão mirando as botas do seu quase carrasco e ficou olhando o militar flutuar como um balão sobre sua cabeça raspada de prisioneiro. Fiódor voltou para perto do grupo e apenas ele podia ver o oficial no ar, preso pelo pulso com o barbante improvisado. Fiódor fê-lo arrastar o trenó e suportar os grilhões. Em São Petersburgo, o oficial físico não conseguia sair da cama mesmo que liberado pelo médico com base na confusa

anamnese. Já aqui o prisioneiro estava se movendo livre pela paisagem opressiva, e o único desconforto era, para ele e para todos, menos para a figura flutuante, a atmosfera em forma de espinheiro gelado em volta do corpo, que promovia um contato que contundia cada centímetro coberto ou descoberto de pele da escolta e dos degredados.

 Enquanto tenta manter, com as pernas pesadas, o ritmo marcado pelas botas à vez pesadas dos guardas, Fiódor inventa um jogo infantil, jocoso e alienante, embora temperado com a doçura da vingança iminente: *parece / parece / parece / preso / patético / precisa / passar / por / pesada / provação / parece / parece / parece.* Só que, como se sabe, mesmo o escritor mais empoderado não consegue manter aprisionadas por muito tempo as gentes que captura, ainda mais quando pressionado pela urgência da chegada do fermento da morte ao terceiro e último hospedeiro. É preciso, Fiódor deveria saber, fazer o que é para ser feito durante o intervalo das vinte e quatro horas do dia posterior ao aprisionamento. Imagina-se que por isso para de sorrir e corta de súbito a distração ao balançar com impaciência a mão que arrasta o amarrado.

 Sabe que precisa agir embora preferisse agora estar em sintonia com o sofrimento dos outros e não prestes a concretizar o pouco cristão ato de julgar e justiçar o semelhante. Mas o fará. Está cansado mas o fará.

 O oficial físico, em São Petersburgo, está com um pressentimento que o deixa gelado, apesar da febre súbita, e pede para a mulher fechar a janela fechada do quarto. Ela enxuga com resignada compreensão o suor inexistente da testa do marido. No outro lado do mundo, o oficial flutuante olha para baixo, vê Fiódor revolvendo a neve com um graveto e procura os subordinados, de quem agora começa a ter medo, porém não encontra um só olhar que sinalize estar preocupado com ele. O ar sopra através dele, pássaros e insetos esvoaçam sem choques nem trombadas com ele, e a figura de uniforme se sente o espectro que em verdade é, um nada sem consequência no mundo. O oficial flutuante está tão perdido que nem sabe o que seria bom querer neste momento. Não sabe saber, voando tão tábula rasa por um mundo, o próprio mundo, que marcha invisível à vida que se passa longe dali.

Já o oficial físico quer um chá ou, melhor, uma dose de bebida forte. Contudo não sabe vencer o cuidado vigilante da mulher e nada pede, e nada recebe que não seja o olhar preocupado e amoroso dela.

Fiódor sente o aumento do ritmo das batidas por debaixo do casacão grosseiro quando a caravana chega bem mais tarde ao pouso da dormida. Enquanto comem e bebem, prisioneiros bem menos que guardas, todos se acostam como conseguem. Só Fiódor não pode deixar-se abater pelo cansaço extremo. Tem uma tarefa a empreender, algo que não sabe o que é. Então, sem conferir com o olhar o que vai fazendo, começa a puxar para o chão o oficial flutuante. O militar pousa os pés no gelo, vê os olhos indefinidos do prisioneiro e, sem saber o que o momento pede dele, perfila-se. A Fiódor Mikhailovitch Dostoiévski não importa o oficial, talvez nem importem os outros que se renderam ao sono. O prisioneiro agiganta-se, e sua figura espicha-se rumo ao céu que ninguém olha. A cabeça gira como um pêndulo dessincronizado, e Fiódor chora em silêncio. As lágrimas caem sobre a cabeça do oficial extrafísico, e ele começa a liquefazer-se em cima da trilha embranquecida. O oficial em liquefação acelerada busca os olhos de Fiódor mas o outro não está olhando para ele. Está olhando para o líquido que se empoça no gelo. O oficial desmancha-se, as cores do corpo e do uniforme misturando-se na brancura. Fiódor Mikhailovitch Dostoiévski agacha-se e enfia a ponta do indicador no líquido multicolorido que se vai fundindo para produzir uma cor ainda não pronta de todo.

Faz movimentos de alisar o chão com a outra mão e escreve, bem devagar e com letra tremida, um nome ainda sem história. *Aliona Ivanovna*.

10
O puro Rigoberto

I

Rigoberto ainda não era pastor quando começou o grande interesse pelos temas medievais. Fora sempre louco pelas manifestações de pompa, pelas exterioridades do período, embora, é claro, jamais aceitasse esse diagnóstico superficial para sua dedicação. Gostava do que tivesse mais a ver com as ordens secretas e mais ainda com os trajes ritualísticos e emblemas esotéricos. Era apaixonante imaginar-se "desfilando mantos solenes a proferir juramentos sagrados e palavras de ordem contra os ímpios do mundo das sombras". A isso cria estar destinada sua vida.

Para sossegar (ou aumentar, como se verá) sua inquietação, estabeleceu a teoria de que o termo *Idade Média* deve-se não à localização na cronologia histórica mas à condição de era padrão, "intermediária entre os extremos, mais que tudo estado de espírito e condição moral característicos da saga civilizatória da cristandade". Dessa forma os verdadeiros soldados de Cristo deveriam ter consciência da realidade de viver sempre nessa Idade Média de lutas fabulosas e heroísmo, "até ver derrotadas a maldade e a infidelidade ao Deus único e verdadeiro", façanha "incerta no tempo, mesmo que inquestionável no destino".

Para quem nascera católico, não foi difícil explorar o assunto em leituras e conversas. Leu livros antigos, leu livros recentes, conversou muito com velhos frades e trocou correspondência com institutos, sociedades e interessados do Brasil e do exterior, em especial de Portugal e Espanha. Quando se familiarizou com a internet, aí a pesquisa insistente de muitos anos virou obsessão. Encontrou um emprego de ajudante numa funerária, o mais apropriado que lhe pareceu para não desligar a concentração no assunto favorito mesmo quando trabalhando. "Os clientes não são muito de fazer perguntas ou reclamar", repetia rindo e orgulhoso e considerava essa observação muito, muito espirituosa.

II

Em paralelo com as atividades de estudioso, empreendeu a missão de purificador da humanidade, nunca deixando de agir quando lhe parecia haver o mais leve perigo de vitória do mal sobre o bem. Para isso resolveu de maneira bastante prática o, para outros, intrincado problema de definir os limites entre bem e mal: seguia sua própria inclinação e se deixava conduzir pelo primeiro indicativo da intuição. "Não sou eu quem decide, é o Espírito Santo que me sopra a direção", dizia para si mesmo e de mais apoio ou tranquilidade de consciência não necessitava.

Em completa paz interior, o puro de coração torturou, castigou e matou.

Suas primeiras atuações como purificador foram uma em casa, outra no trabalho. Em casa julgou as roupas da prima de quinze anos bastante inadequadas, com destaque para o comprimento da saia, e deliberou com o travesseiro sobre que punição ela merecia. No dia seguinte, enterrou sem ser visto uma lâmina de barbear no sabonete da prima. A primeira passada abriu um risco vermelho na perna da garota, que gritou no banheiro e desmaiou. No trabalho sua estreia purificadora foi para salvar a alma pérfida de um companheiro de turno. O infeliz mentiu ao chefe sobre as razões do atraso de oito minutos. Mentiu, segundo soprou o Espírito Santo a Rigoberto. "Quem mente o pouco mente a tragédia", elaborou Rigoberto em êxtase pela frase, que considerava "lapidar". Portanto nada de condescendência. O castigo consistiu em seguir o colega na volta para casa ao fim do dia e, à socapa, cravar-lhe nas costas um pedaço de ripa com quatro enormes pregos, valendo-se de uma marreta que tomara de empréstimo da empresa. (No início Rigoberto escolhia a forma do castigo de maneira aleatória, sem preocupação com o simbolismo.) Como o corpo do colega fora girado de modo a ficar contra a parede do beco, a pancada firme fez enterrar com facilidade os quatro cilindros de ferro. O ferido, que não teve tempo de conferir o agressor, foi levado ao hospital, de onde saiu no dia seguinte para morrer pouco tempo depois de tétano ou de outra complicação.

Aí Rigoberto sentiu a necessidade de manter um registro "sagrado" de sua atuação "divina". Comprou um grande livro de capa vermelha de couro falso, em que passou a assentar cada atuação de forma burocrática: data, local, pecador, falta, avaliação da gravidade, pena aplicada, histórico da aplicação, consequências da aplicação e conclusão eclesiástica, que era uma espécie de fórmula pomposa de reafirmar o caráter divino da atuação do purificador.

III

A missão foi sendo cumprida com dedicação. Houve, por exemplo, o caso de um assassinato em que o réu acabou condenado a pouco mais de dez anos de prisão. Rigoberto – quer dizer, o Espírito Santo – julgou errada a sentença e entendeu ser seu dever corrigir a justiça terrena. Furou os quatro pneus do carro do juiz, para lembrar-lhe em caráter simbólico do erro sobre o quantum do "ir e vir" do réu; quebrou uma janela da casa de cada jurado, para lembrar-lhes em caráter simbólico do perigo que é o "mal em liberdade de atuação"; e decepou o dedo indicador direito do criminoso em meio ao tumulto provocado por ele, Rigoberto, num horário de visita coletiva aos presos, para lembrar-lhe em caráter simbólico da "desaprovação divina" para o aperto do gatilho.

Rigoberto tornou-se um prodígio de dissimulação apesar de não ir nada bem no quesito de inteligibilidade da simbologia dos castigos que aplicava. Segundo consta, nenhum castigado foi capaz de associar uma coisa à outra nem de decodificar o símbolo.

Ainda estava no início da missão quando deu de Rigoberto ouvir uma senhora dizer a outra num ponto de ônibus, antes de gargalhar, que a amiga "mentia mais que a Bíblia". Rigoberto – quer dizer, o Espírito Santo – nem pensou em levar na brincadeira a blasfêmia. Subiu ao coletivo junto com a desconhecida. O ônibus andou quarenta minutos pelo centro da cidade e rumou para a periferia. A senhora ia em pé e logo após conseguiu uma cadeira ao lado do cobrador. Rigoberto a examinou bem enquanto misturava uma prece em benefício da pecadora com as maquinações em torno do castigo que aplicaria. Por fim a mulher fez soar a cigarra e desceu. Ele também.

A mulher, sombrinha numa mão e sacola na outra, atravessou a rua, dobrou a segunda esquina à direita, em seguida entrou no beco à esquerda e ganhou a estradinha de terra batida que rumava para um descampado. Tudo o que ela fazia, ele também. Cento e cinquenta metros de estrada, e a mulher vira à esquerda, Rigoberto na cola, ela já com medo do desconhecido que a cada momento diminuía a distância. Chegaram a uma pequena ponte, de onde, três passos para dentro, Rigoberto a atirou no despenhadeiro que abria a boca enorme como se fosse levar na mordida a estrutura de ferro. Rigoberto disse a si mesmo que a empurrara ali para lembrar "o precipício moral" em que ela já se encontrava. *Odiava quando lhe passava pela cabeça a tese de que a justificativa fora "construída" depois do castigo, punição que teria sido "escolhida" por ser a mais fácil de aplicar, a que estava disponível.* Junto com a perna direita e o braço esquerdo, rompeu-se o crânio da pecadora. O menino que vinha na direção contrária, "no impróprio momento em que se cumpriam os secretos desígnios do Senhor", teve que ser jogado dentro de um quintal com dois cachorros assassinos.

Não teria errado ele desta vez? Não era a criança de dez anos um inocente, inimputável diante de Deus? Claro que não, ditava o Espírito Santo de Rigoberto. O Demo é que tem a capacidade de tomar a forma que quiser para tentar, enganar e danar os que estão no caminho da salvação. O menino era Satã encarnado. Erro? Ao contrário, ponto alto da jornada santa.

IV

Rigoberto ainda matou e castigou com dissimulação durante quase três anos antes de voltar ao seio eclesiástico do Catolicismo. Sua volta talvez nem se pudesse chamar por esse nome. Quem sabe fosse melhor chamá-la de breve visita.

Entrou uma tarde na igreja disposto a compartilhar com outro emissário divino a graça de sua missão sobre a Terra. Em trinta minutos de suor e palpitações, mudou de plano cinco vezes. Resolveu que devia deliberar mais com seu Espírito Santo particular mas, quando ia deixando a igreja em passos cada vez mais rápidos, encontrou o padre, que entrava de roupa preta, óculos, cabelos nos ombros e aparência confiável. Seu Espírito Santo não lhe soprou nenhuma advertência, o que Rigoberto entendeu como indicativo de que devia abrir-se com o padre.

O sacerdote, muito suado, não demonstrou boa vontade de início. Só que não foi capaz de resistir à insistência de Rigoberto. Ouviu muito, a princípio de pé no corredor, ali mesmo onde tinha encontrado Rigoberto, depois andando para o altar, encostado num banco, olhando sem ver para o vitral da janela, zanzando de um lado para outro, fixando a atenção na figura de Rigoberto, metendo e tirando as mãos dos bolsos, e por fim na sacristia, para onde quase arrastou o fiel até então desconhecido.

Ali Rigoberto foi caudaloso. Contou tudo, explicou tudo. Disse ao padre qual tinha sido sua história sagrada. O padre suava muito. Rigoberto, em transe, suava também. O padre de início quase não falou; Rigoberto desvairou-se. Então a incredulidade encheu de dúvidas o padre; o padre encheu Rigoberto de perguntas; e Rigoberto encheu o peito de satisfação pela oportunidade de discursar pela primeira vez, e para uma audiência tão qualificada.

A intranquilidade do padre chegou ao pico e voltou rápido para uma calma fingida, que julgava necessária para tratar com aquele fiel perdido. E perigoso, pensava o religioso. O cuidado foi inútil. Rigoberto bateu com o cálice dourado na cabeça do padre. Havia entendido tudo. O padre estava morto. Rigoberto colocou uma hóstia partida na boca do cadáver (para simbolizar a quebra de compromisso do sacerdote com a divindade) e dispôs três gotas de vinho tinto ao lado do corpo (para simbolizar o sofrimento sentido da Santíssima Trindade). Levou consigo o cálice e uma parte das esmolas da coleta, e o caso ficou conhecido como latrocínio.

A expressão "Padre Eterno" num cartaz pendurado na sacristia era recado claro do Altíssimo de que a Igreja Católica não era trilho suficiente para abarcar Rigoberto e sua missão. Na palavra "Padre", a referência óbvia ao infiel recém-justiçado, símbolo claro da Igreja de Roma. Na palavra "Eterno", o recado sobre a teimosia católica de defesa irracional dos velhos dogmas, em que as novidades, ainda que de inspiração divina, não têm vez.

Naquele momento resolveu fundar uma igreja. Duas horas e 22 minutos depois, estava criada a Igreja do Julgamento Divino, cujo núcleo inicial reuniu três congregados: o próprio Rigoberto, sua mãe e um velho e pouco sóbrio morador de rua que fazia ponto na praça perto da residência dos dois primeiros, pela ordem Pastor Excelso e Progenitora Guardiã do novo credo. O outro ficou com a função ritualística de cantar e bater palmas.

Rigoberto fez bonito na primeira pregação oficial desde o púlpito, conforme passou a chamar a máquina de costura fechada e coberta com um guardanapo de crochê amarelo. Falou das nove ordens angelicais, dos patriarcas do Velho Testamento, de Cristo e dos apóstolos. Descreveu os círculos do inferno como os conhecera da leitura a meio entender da *Divina comédia*. Gesticulou e pulou, gritou também, tudo sob o olhar entre a benevolência e a preocupação da mãe e o alheamento do velho fiel, que pouco cantava mas conseguia às tontas bater uma que outra palma. Rigoberto cavalgava nuvens e nem via, aleluia!, a audiência inatingida.

A igreja progrediu. Alugou barracões, comprou cinemas, gravou discos, imprimiu livros e folhetos, fez concentrações gigantescas, curou, expulsou capetas, acalmou aflições, ensinou os fiéis a identificar o demônio que habita os divergentes, criou um exército de pobres de espírito, com os quais, aleluia!, se faz o Reino dos Céus. Todos bastante seguros de sua comunhão com a Divindade e mais ainda bastante seguros da incomunhão dos que persistem na infeliz ideia de não se filiar à igreja de Rigoberto. Aleluia!

V

Rigoberto dedicou-se tanto aos assuntos terrenos da igreja que um dia se deu conta de que há muito não ouvia a voz do Espírito Santo orientando sobre os castigos que deveriam ser aplicados aos seguidores de Belzebu. Estava terminada a missão purificadora e agora era tempo de dedicar-se apenas à evangelização dos perdidos? Claro que não, concluiu Rigoberto. O fim da comunicação direta com o Espírito Santo significava era a autonomia do purificador: para que ocupar a Pomba Sagrada se ele, Rigoberto, sempre sabia com ciência santa o que fazer? Ele era, que cego tinha sido até agora!, o novo enviado dos Céus, uma espécie de quarta pessoa da Trindade. É evidente que tinha sido sempre isso que Deus lhe quisera dizer com as mensagens – umas implícitas, outras nem tanto – sobre ele e a sagrada missão.

Agora sim principiava o tempo da ação autônoma sobre o inimigo. Mas os assuntos mundanos de contas, bancos e contabilidade eram absorventes demais. Resolveu dar um passo ao lado e deixar a igreja nas mãos já provadas da Progenitora Guardiã. Retomou o Grande Projeto da Purificação com esforço multiplicado e um considerável facilitador: agora com dinheiro da igreja para financiar as ações de salvação dos infiéis. E como havia infiéis para salvar.

    Entendeu que devia criar um programa, com etapas e objetivos. Não seria mais um empírico, o que não se coadunava com a nova condição de membro divino do Sagrado Comitê de Gestão do Universo, para quem não pode haver acaso, desordem ou caos. Seria esta a sequência de ações do Grande Projeto da Purificação a que se dedicaria com o fim de aprimorar-se pela aplicação, gradativa em rigor, das sanções contra o Inimigo Pérfido: castigos morais, castigos físicos e tormentos. Considerou que devia seguir um caminho de aprendizado na aplicação de cada um dos tipos de sanção. Foi o que fez.

    Primeiro passou um bom tempo aplicando apenas os castigos morais: constrangimento, angústia, medo, remorso... Enviou cartas anônimas, pagou falsas testemunhas, contratou detetives, fotografou intimidades, gravou confissões de infâmias, chantageou, desfez casamentos e amizades, jogou filhos contra pais. Tudo para punir os que julgava merecedores de sanção divina. Esteve algumas vezes perto de ser descoberto mas não o foi.

    Depois passou para os castigos físicos, com os quais na verdade havia iniciado o papel sagrado. Faca, bala, corda, porrete, canivete e prego foram seus principais instrumentos nesta fase. Sentiu-se tão bem aplicando os castigos físicos que quase não passa para o seguinte nível.

    Contudo os tormentos foram sua obra maior. Não havia mais dúvida na cabeça de santo master: as outras três pessoas da Trindade haviam posto nas mãos dele, Rigoberto, os pecadores da Terra para poderem ocupar-se com outros afazeres neste Universo tão grande. A Terra era com ele. Não falharia. Sabia com certeza santa que pouco tempo depois estaria estendendo seus tentáculos punitivos a todos os povos, a todos os pecadores. Era tudo, sabia também, questão de passar pelo programa de aprimoramento. E a última etapa de aprendizado terminava ali na aplicação dos tormentos.

A conclusão óbvia não tardou: precisava de estrutura própria ou a autonomia não seria efetiva. Quer dizer, tinha que ter seus próprios anjos e santos, além de seus próprios Purgatório e, sem dúvida, Inferno. Céu, entendia, era um só, para onde todos – ele, Deus Pai, o Filho e o Espírito Santo – mandariam os eleitos.

Escolheu o pequeno exército de auxiliares entre os fiéis da igreja. Mandou que eles deixassem a vida que viviam e se internassem com ele num retiro divino numa chácara a poucos quilômetros da cidade. Submeteu-os a um programa de aprendizado da – avisava – difícil e inédita (para humanos) tarefa de servir a Deus como anjos, arcanjos e querubins. Explicou que os seres angelicais existem para anunciar a Palavra e a Vontade, proteger os justos, castigar os malvados ou testemunhar a glória divina. Enfim para servir de ligação entre os homens e ele.

Instruiu. Rigoberto procurou abranger todos os campos da doutrina. A Bíblia foi lida e comentada onze vezes. Como ele tudo sabia porque recebia inspiração direto da fonte, a leitura que fazia do texto sagrado era definitiva: em sua exegese, pedra podia ser e era pau, e pau podia ser e era pedra. As saias-justas eram colocadas na conta dos erros de tradução. Não era verdade que os originais em aramaico e grego antigo mandavam evitar gritaria na conversa com o Onipresente. Ao contrário, ensinava Rigoberto, a Palavra Verdadeira mandava era o fiel esgoelar-se para incomodar os blasfemos da vizinhança do templo. Orar no recolhimento do quarto em vez de ostentar a fé em público? Manipulação dos falsos profetas. A Palavra Verdadeira mandava era vir congregar perto do cofre em que ele fazia o recolhimento do dízimo. Em razão disso, Rigoberto pedia que cada fiel trouxesse uma caneta à igreja para ir riscando e corrigindo o texto impresso em seus "livros incorretos".

Todas as questões foram debatidas à exaustão. Os anjos eram incentivados a perguntar, o que levou um deles a questionar com timidez sobre como podia estar certo de que eles, da Igreja do Julgamento Divino, eram em verdade os eleitos de Deus, aqueles que tinham o mapa da salvação, se todas as demais igrejas diziam a mesma coisa com a mesma convicção. Rigoberto, com a segurança que lhe era apanágio, cortou o nó com uma expressão seca e definitiva: porque ele, Rigoberto, dizia que era assim e pronto.

Uma discussão que por pouco não afunda na insignificância o Grande Projeto foi a sobre como deveriam ser as asas, atributo que todos ali, até aquele momento, sempre souberam obrigatório para os seres angelicais como eles. Após ouvir algumas posições diferentes ou antagônicas sobre o assunto, dizia um que, afinal, por que tanta lenga-lenga se era uma questão de apenas Rigoberto dizer "façam-se" e as asas se fariam como tivessem que ser? Silêncio. Rigoberto enganchou sem pensar muito uma prédica sobre a tentação de Satanás e lembrou as zombarias contra Jesus crucificado, a quem pediam em deboche que descesse da cruz para provar ser o Filho de Deus feito humano. Assim também o infeliz candidato a anjo lhe queria tentar a ele, Rigoberto, que, como o Nazareno, jamais cairia na lábia perigosa mas inócua diante do valor genuíno da Palavra. O infeliz candidato a anjo quase foi excluído do Programa por heresia. Ficou decidido, para encerrar a questão, que os novos anjos ali presentes se moveriam fingindo humanos, a pé ou em algum veículo convencional.

Cada anjo selecionado entre os seguidores foi nomeado conforme os nove coros distribuídos pelas três hierarquias do *De Hierarchia Celesti*, de Dionísio o Areopagita. Rigoberto historiou os pecados, estabeleceu as penas, discutiu os métodos. E coroou os ensinamentos com a advertência terrível: os anjos ali reunidos nunca mais teriam uma vida terrena – adeus famílias, amigos, amores, diversões. Todos, a partir dali, receberiam e cumpririam com êxito suas missões e estariam sempre disponíveis. Completados dois anos de trabalho santo, deveriam subir ao Céu de um jeito ou de outro para gozar da eterna bem-aventurança. Para garantir o ingresso no Paraíso, estavam autorizados por ele, Rigoberto, a pôr fim à vida mundana por qualquer meio que estivesse à mão, o que ele daria por indene à salvação das respectivas almas. Lembrou às criaturas angelicais que a mudança de vida incluía a assexualidade, pelo que não se admitiria qualquer pensamento, palavra ou obra luxuriosa, a não ser com a autorização expressa e, mais importante, com a assistência e participação do próprio Rigoberto nas situações em que isso fosse necessário ao cumprimento da vontade divina, coisa que estava acima da compreensão dos mortais e até deles, anjos.

Resolveu, antes de dar passos mais afoitos, pôr à prova os anjos em missões menos exigentes. Enviava-os para castigar faltas de diversos níveis de gravidade. Ora um susto num pequeno pilantra, ora um talho no pescoço de um incorrigível. Os que não conseguiam cem por cento de aprovação ao juízo do Grande Projetador, como gostava de ser chamado, eram eliminados. Eliminação física mesmo porque, depois do caso do maldito Lúcifer, não se pode mais arriscar uma segunda chance para anjos caídos.

Passado um tempo, a legião celestial rigobertiana estava pronta e testada para a Batalha Insone contra o Pervertedor do Mundo Criado.

A execução da purificação do mundo, ainda em versão paroquial circunscrita à cidade, foi se sofisticando. Sob o comando direto de Rigoberto, cada missão era completada por um grupo que não se conhecia ou pelo menos não sabia um do envolvimento do outro. "Eu escrevo certo por linhas ocultas", informava o Quarto Infalível, outro de seus epítetos preferidos.

VI

Faltava agora a parte edificada da preparação. Faltavam o Purgatório e o Inferno privativos dos terráqueos, destino dos perdidos do império regido por Rigoberto. Comprou uma enorme área pegada à chácara que já era da igreja. Mandou construir gigantescos barracões e subterrâneos. Repartia ordens em estado de completa embriaguez esotérica enquanto as dezenas de operários iam e vinham como abelhas, disciplinados. Quando toda a infraestrutura se completou, a obra passou a ser conduzida direto pelos anjos e ninguém mais. "Nos domínios da Potestade, os ímpios só entram a convite", beletrava o Pastor Excelso. Aí o que era bosquejo, promessa, começou a virar realidade. O quarto sem janelas ganhou máquinas de tortura copiadas de filmes e histórias em quadrinhos. O buraco do subsolo ganhou lodo e jacarés. Quem conseguisse acrescentar qualquer melhoria nos suplícios ganhava uma quantia proporcional de Vales da Graça Celestial, cupons que, assinados por Rigoberto, dariam ao portador direito a benefícios adicionais quando do ingresso no Paraíso.

O Purgatório foi localizado em dois galpões com potentes condicionadores de ar, que tanto esfriavam como esquentavam a temperatura ambiente. Além das variações de temperatura, os que eram encaminhados ao Purgatório recebiam em momentos incertos do dia algum outro castigo não muito pesado. A cada fim de trimestre, Rigoberto entrava paramentado e seguido pela Progenitora Guardiã para eleger os que recebiam a graça da salvação, que consistia na retirada do galpão do Purgatório e no sacrifício executado pelos anjos, de forma que a alma pudesse, sob recomendação de Rigoberto, tomar o caminho do Céu. Outros, ao contrário, eram julgados perdidos e encaminhados ao Inferno.

O Inferno foi uma construção monumental dentro do Grande Projeto. Complexa combinação de tecnologia moderna e concepção punitiva medieval, ocupava uma dezena de galpões e outra de subterrâneos. Havia fornos gigantescos com assoalho de metal e teto tomado por chuveiros de ácido. Havia covis de feras mantidas com fome e espicaçadas para serem o mais destrutivas possível. Havia instalações para terror psicológico e gaiolas de ratos e aranhas dentro das quais os ímpios eram empurrados para passar uma temporada que podia variar entre minutos e semanas. Havia tanques com lava artificial fervente e grelhas sobre brasas a cada tanto renovadas. Havia carrascos açoitadores, escalpeladores, espetadores e sopradores de enxofre. Por definição dogmática, era uma área onde Rigoberto jamais podia entrar. Controlava tudo por monitores, a distância. Apesar de haver os responsáveis por definir as doses de castigo, o Quarto Infalível e Grande Projetador podia interferir a qualquer momento e modificar a grade de sofrimento de algum infeliz, em geral para mais, para pior.

Montada a estrutura, que ficou chamada de Plagas Santas para Horror dos Caídos, e passada a etapa de teste, Rigoberto convocou os fiéis para uma concentração na chácara da Igreja do Julgamento Divino, a que todos deveriam comparecer, não se aceitando qualquer desculpa.

Ali, ao ar livre e falando para quase duzentas mil pessoas, o Grande Projetador, o Quarto Infalível, instalou com a requerida solenidade o Tribunal Celestial da Humanidade. A partir daquele momento, os ali reunidos recebiam a missão de dedicar-se sem descanso à sagrada tarefa de fazer chegar o castigo ao pecador. A obra de pregação e divulgação do Evangelho estava encerrada. O escudo contra a perdição já estava nas mãos dos justos. Os que tiveram ouvido para ouvir ouviram. Os que teimaram em permanecer nas trevas, em seguir congregando sob outros credos, o que sem dúvida caracterizava o pacto com o Demônio Indormido, esses receberiam mais cedo que imaginavam seu galardão. E todos os fiéis da Igreja do Julgamento Divino, daquela hora em diante, passavam a ter a missão indeclinável de apressar a vinda dos pecadores às Plagas Santas. A identificação do objetivo era muito simples: quem não estava ali ouvindo a Palavra era declarado por ele, Rigoberto, um *ser caído*. Deveria vir para o justo sofrimento. Que os fiéis se organizassem como entendessem melhor, que agissem sós ou em grupo mas que agissem sem demora. Ele, Rigoberto, autorizava qualquer um ali a sanear o mundo como fosse possível. Quer dizer, a meta era trazer os demais para a chácara, onde estavam os ambientes preparados para o ajuste de contas, porém, se fosse o caso – por resistência demoníaca ou insuficiência de meios para a vinda ao local das Plagas Santas –, o pecador poderia ser justiçado em qualquer lugar. "Melhor que deixar o cancro com liberdade para se disseminar", ensinou Rigoberto.

Os gritos de júbilo se descontrolaram. Os fiéis pulavam suando e urrando, de suas bocas escorrendo a espuma abençoada da ira santa. Cantaram mais forte que nunca, se descabelaram e voltaram para casa excitados e armados com as armas e ferramentas distribuídas pelos anjos. Aquela noite mesmo se alegraram em Deus Nosso Senhor pelo início do expurgo. A cidade exsudou os humores malignos, e as Plagas Santas puderam enfim colocar-se em funcionamento dia e noite para júbilo dos Eleitos e das Hostes Celestiais.

11
O roubo

I

Tinha ido uma vez com o pai caçar no mato que era apêndice ou era a própria cidade, tão pequena e no meio do nada que ele não sabia que o meio do nada era ali onde vivia. Achava que o mundo era aquilo e talvez umas poucas outras coisas que conhecia de ler e ver no cinema, que, isso sim, ali havia. Sabia que para além da tela existiam cidades grandes, vidas ricas, muito mais diversão, mas era uma consciência leve, quase sonho, aquela que ele tinha do lugar que habitava e de seu antípoda para lá do horizonte poeirento. Não achava que lhe fizesse falta enriquecer essa percepção e era feliz talvez. Vivia bem, não amanhecia preocupado nem anoitecia frustrado com a rotina que frequentava entre a abertura e o fechamento de cada dia.

O pai tinha uma espingarda ocultada sem bala em cima do guarda-roupa, e era com ela, agora com bala, que os dois tinham saído em expedição para a beira do mato que se divisava ao alcance de um sussurro, quase quintal da casa sem graça onde a família de onze pessoas se reunia para dormir e comer.

Se tivessem caminhado mais uns 150 metros, poderiam ter alcançado o mato por uma porteira mas o pai levantou o arame farpado uns quinze centímetros com a mão para cima e uns vinte com o pé para baixo, e ele passou. O pai não precisou de ajuda. Colocou a espingarda no chão e passou sozinho.

Os dois do outro lado começaram a olhar para o alto a fim de encontrar um alvo em que compensasse gastar um tiro ou dois. Os olhos dele, nada treinados, nada viam de diferente no embaralhado das folhas. Apesar da cantilena estrilada dos pássaros e dos barulhos próprios de uma capoeira como aquela, estalos e lamúrias do vento, sua atenção não tinha habilidade, e ele não via nada. O pai não disse palavra e apenas continuou margeando as árvores, um dedo no gatilho, e olhava parecendo ver. Minutos depois entrou no mato, o filho atrás, colado. O menino ainda pensou se não seria bom dizer algo, fazer um comentário que denotasse ser já alguém que tivesse mérito para estar acompanhando o pai numa expedição tão importante porque adulta. Não encontrou nada que dizer e nada disse. Talvez pudesse dizer que achava que o pai fazia muito barulho ao andar sobre as folhas crepitantes porém não o fez. Não lhe faltou coragem: o pai sabia ouvir e era receptivo nas conversas com ele, que, aliás, verdade seja dita, eram muito frequentes e com frequência longas até. Faltou foi decisão.

II

Ele olhou ao redor. O pouco mato era uma floresta exuberante, com menos perigos que aventuras escondidas e à mão do pai, com o dedo pousado no gatilho, e dele, com o sentido posto no protagonismo impetuoso do pai. Era uma expedição ainda no início, e a lembrança guardaria dela a avaliação de expedição aventurosa de sucesso. Nem importava o que viesse a ocorrer, já era um sucesso só por estar ocorrendo.

O pai seguiu perpendicular à linha de demarcação do mato. O dedo no gatilho e o filho como testemunha exigiam resultado, e resultado era o que apenas mato adentro encontraria. O pai mantinha a atitude vigilante dos olhos na copa das árvores baixas. Ele, atrás, pisava nas pegadas do pai, a quem olhava mais que ao mato. Sabia que no que o pai ia fazer estava o que tinha vindo para testemunhar, para aprender, para mudar de status na vida e entrar no mundo dos adultos, mundo que na biboca onde vivia se abria às crianças cedo demais.

Era manhã de um sábado, e agora o sol começava a queimar e a despertar as gotas de mormaço que esperavam deitadas, na folhagem e nas pedras, pelo chamado da estrela. O abafado subia pela roupa e preferia colar-se no cabelo. Ser do lugar pelo menos significava a vantagem de não se desesperar com a umidade grudenta. Ele desabotoou a metade da camisa e bateu com ela umas duas vezes no peito. As pequenas lufadas de vento gelaram mesmo que pouco as gotas de suor, e ele nem sabia dizer o que era pior: o calor ou o grude no corpo. Nisso o pai ergue a mão, e ele para. Olha na direção do olhar do pai e nada vê. O pai levanta a espingarda e faz mira. Ele se afasta uns três passos e espera. O pai tem um olho fechado e a mão esquerda apertando firme a madeira da arma. A direita, crispada, ameaça o gatilho. Ele olha e espera o estalido. O pai move milímetros o cano da espingarda e para o movimento por enormes segundos.

O *pá* do tiro ressoou longe porque longe era o monte que mandava de volta o eco. O pai nada disse. Ele olhou das árvores para o chão e depois para o pai, que continuava mirando como se ainda não tivesse atirado. Nada se moveu entre as folhas. Talvez longe tenha havido o som de algum animal em reação de susto mas ele não percebeu nada. Se fosse hoje, é provável que pensasse que o pai não estivesse sabendo como admitir o fracasso do tiro diante do filho. Na época achou que manter o foco no alvo após o tiro era o comportamento normal de um caçador experiente. Porque o pai era em teoria um caçador experiente e dono das manhas necessárias para encher o alforje de perdizes e inhambus em qualquer ronda de caça. Não se lembrava de haver comido caça caçada pelo pai porém colocou isso na conta de sua memória fraca ou pouco atenta.

O pai abaixou o cano da espingarda, e os dois recomeçaram a caminhada. O próximo tiro foi dado quase rente ao chão, tendo o pai se ajoelhado para encontrar a melhor mira. Desta vez o *pá* do tiro pareceu mais forte. O pai correu em seguida na direção da bala disparada. Ele não teve tempo de reagir e esperou sem se mover. O pai voltou trazendo o cano da espingarda para cima e nada do que o filho esperava nas mãos. O pai continuou sem dizer nada e apenas fez um leve movimento com os olhos, indicando para ser seguido. Foi o que fez o filho, para quem a ida, o desaparecimento de vista e a volta do pai eram prova bastante de que o adulto dominava os segredos da floresta e seus habitantes astuciosos.

III

Estavam a mais ou menos uns duzentos metros da cerca. A caminhada liderada pelo pai ia agora paralela ao arame, segundo calculava o filho. Talvez não fosse isso mas era o que guardaria na memória. Alguns pios, o matraquear das curicas em bando mais para a esquerda, com certeza voando a baixa altitude, e o *plec* das folhas debaixo da bota do pai eram o que o menino se lembra de ir ouvindo. Aos poucos foram aumentando a velocidade dos passos, e o menino precisava quase correr para acompanhar o pai. Tinha aberto os outros botões, e a camisa flutuava em redor do corpo magro, o que ajudava a diminuir o incômodo do calor.

Aí o filho viu uma enorme pomba-do-mato a uns quatro ou cinco metros do solo, quase escondida entre as folhas de um galho próximo da trilha que seguiam. Apressou um pouco mais a corrida e cutucou com respeito as costas do pai, que lhe voltou a cabeça. O menino apontou. O pai levantou a mão esquerda e parou. Fez um gesto de silêncio para quem calado já estava e direcionou o cano do rifle para a pomba. O filho deu uns passos para trás e não tirou mais os olhos do pai, que ajustava a pontaria fazendo pequenos movimentos com o cano da arma, para a esquerda, para a direita, para cima ou para baixo. Eram ajustes mínimos porém duraram umas boas horas, a confiar na lembrança que o filho passou a carregar pelos anos seguintes. A pomba parecia dormir porque não se mexia. Nada. As folhas em sua volta, ao contrário, abanavam a figura emplumada sob o comando do vento, que não era intenso mas constante. O pai apontava para o corpo rechonchudo da ave acinzentada e buscava o ângulo correto enquanto esperava estabelecer as condições ideais. Tinha pressa, com medo de que a presença humana fosse percebida pela caça, porém não podia arriscar outro fracasso diante do filho. Temia arranhar de vez a imagem da perfeição e da segurança. Afinal, se não era capaz de, em plena demonstração pedagógica do papel masculino de provedor absoluto da família, garantir o mínimo de sustento a sua própria custa na peleja contra a Natureza, que lhe restaria de reputação diante do filho? Não, não podia errar outra vez. Não erraria. Mas para isso precisava vencer o dilema de precisão versus tempo. Não podia perder o butim, e isso significava necessidade de mais tempo para assegurar-se da mira porém significava também menos tempo para aproveitar a oportunidade antes de a pomba bater asas. Em resposta o suor desceu da cabeça pelo pescoço e foi empapar a camisa. Dava gastura mas nem pensar em deixar-se influenciar pela sensação pouco viril. Macho precisa ter autocontrole, puta merda. Ainda que ao suor viesse juntar-se uma correição de formigas de fogo, não titubearia em manter a espingarda no prumo e o dedo prestimoso fazendo pressão sobre o gatilho. O pai lembrou-se do dia em que o próprio avô, bisavô do menino, tinha matado na fazenda uma capivara e uma cobra coral. *No mesmo dia*, para, com a redundância dos sucessos, marcar em definitivo na lembrança de cada um e de todos qual era a função que a vida lhe reservara e com que competência a desempenhava ali sob o escrutínio e para o testemunho da família inteira, incluídos os agregados. Até a morte do avô do pai, a história era repetida nas reuniões familiares como lema de integração e orientação de virilidade. O personagem principal fingia desinteresse embora tivesse a maior satisfação em confirmar que ficaria para sempre como exemplo e paradigma.

 Depois que o bisavô do menino se mudou para o cemitério, no entanto, o episódio foi sendo, por pura estratégia, deixado de lado até desaparecer para sempre do repertório dos causos que os mais velhos entoavam como hinos de glória nos encontros periódicos. Mas, na cabeça dos homens da família que dele vieram a tomar conhecimento, não era fácil deixar a carga para lá. Ainda que por ameaça permanente ao amor-próprio, o infeliz ancestral ficou como pesadelo para o contingente masculino. Cada um vivia tentando desvencilhar-se da obrigação de mostrar-se digno do sangue que carregava. Não às claras, para prevenir-se do eventual ou mais que provável fracasso, porém quase que apenas quando sozinho ou com pouca plateia, cada um procurava sempre construir a oportunidade de demonstrar a vocação de líder e provedor infalível.

Essa obrigação foi um peso sombrio de que ninguém gostava de falar. Também o era para o pai que agora encontramos ajoelhado naquele ermo escaldante com o meio da asa de uma pomba-do-mato sob a mira da espingarda e observado pelo menino, que já está começando a sentir-se culpado pela pressão que intui traduzir-se naquele suor que mancha a camisa do adulto. Depois se lembraria da vontade que teve de ou não estar ali ou pedir ao pai que fossem embora, para o que podia dar a explicação da pena que estava sentindo da avezinha frágil que o tiro rasgaria dali a pouco. Não passou de vontade porque a coragem não veio, e o menino deixou que a vontade virasse angústia, e a angústia virasse prece a Nossa Senhora de Fátima para que guiasse o cano da arma contra o corpinho emplumado. Ficou por segundos na dúvida sobre se a santa concordaria em interferir para estraçalhar um serzinho tão pequeno mas logo se convenceu de que o sossego de um pai responsável e cumpridor das obrigações tem mais importância no reino dos Céus que a dor colateral de um animal irracional. Por mais pena que isso provocasse nos mais frágeis. Repetiu com esperança e em silêncio o pedido desesperado. Pareceu-lhe, é o que se lembra à distância de algumas décadas, que a veia do pescoço do pai perdeu a tensão como imediata consequência da prece, e o suor parou de minar no corpo do caçador.

No entanto o pai não desmontou a pose. A quase desconcentração tirou a ave de mira mas as mãos agarradas à arma corrigiram a pontaria e fizeram vigente de novo a ameaça sobre a pomba, que no galho se deixava estar indiferente ao drama dos inimigos humanos que lhe observavam. A confiança enfim subiu ao nível mínimo necessário, e o pai atirou.

Segundos antes uma nuvem escura com reflexos dourados partiu-se em duas no céu sobre a cabeça do caçador e seu acompanhante. Um dos pedaços, o menor, desceu de uma vez sobre o menino, e o emaranhado de fios e flocos da nuvem rodeou-lhe o corpo, prendeu-lhe braços e pernas, atordoando-o por um momento. O menino nem percebeu quando, por isso, despencou em cima do pai, que também se desequilibrou e caiu sobre a mão que segurava o rifle. Enquanto tentava livrar-se dos fragmentos da nuvem, que atrapalhavam a movimentação dos dois, o pai virou-se e perguntou que diabos tinha sido aquilo. Que tinha acontecido? O menino desculpou-se, ainda em plena tentativa de eliminar os restos da nuvem cadente que continuavam lambuzando os braços, prendendo as pernas, tapando a boca, o nariz e os ouvidos. O pai maldisse a própria queda e a confusão mais pelo fato de nem ter visto o resultado do disparo que pelas atribulações.

Que tinha acontecido com a pomba? Estava morta, e o pai ficasse ali que ele mesmo ia buscar a caça abatida. Disse e saiu em disparada para o lado da árvore onde se havia empoleirado a ave. Virou-se mais uma vez e, enquanto limpava os restos de nuvem da boca e do nariz com o dorso da mão esquerda, repetia com gestos da mão direita que o pai esperasse. O caminho do lugar em que o pai tinha acabado de levantar-se até a entrada no mato, detrás do qual estava a árvore onde estivera a pomba, ficou marcado por restos dos flocos e dos fios ora esbranquiçados, ora acinzentados, alguns poucos dourados. Daí ouviu-se um grito do menino, igual se ralhasse contra um malfeito. Poucos minutos depois, reapareceu na trilha. Vinha de mãos abanando, pelos lados da cabeça ainda escorrendo nuvem.

Que tinha acontecido com a pomba?, perguntou de novo o pai, também às voltas com as providências de limpeza no corpo dos restos do que havia despencado do alto da atmosfera. Um cachorro desconhecido, informou o filho, tinha sido mais rápido e levara na boca a ave abatida. Não tinha ouvido latido algum, observou o pai, mas o filho retrucou que a boca do cão estava ocupada com a caça roubada. Que pena, lamentou-se o menino, e felicitou o pai pelo belo tiro, com voz ainda mais firme para dar a conversa por encerrada.

Não disse que estava orgulhoso, porque esse tipo de reação era incomum entre os dois, mas o pai entendeu que esse era o recado. Poderia descrever o cachorro?, perguntou ao filho na intenção de que as características levassem à recuperação de algum sinal da pomba, algo que pudesse ser levado para casa como prova e troféu. Não tinha sido possível ver detalhes, apenas o vulto rapidíssimo do ladrão, lamentou o menino. O pai ainda pensou em fazer outras perguntas contudo entendeu a tempo que era melhor deixar assim o relato da experiência daquele fim de tarde.

Seria dessa maneira que a história seria contada. Ficaria de bom tamanho, do melhor tamanho. O filho estava exultante e tratou logo de, sem deixar de sofrer a apreensiva sensação de ousadia, agarrar o pai pelo braço e quase puxá-lo para abandonar o território de caça. O pai foi aos poucos aumentando a força com que marcava os passos no chão. Não sorria mas o contentamento estava para explodir a carcaça do peito quando entrou de volta pela cerca do quintal de casa. A família reunida diante do lanche da noite ouviu, com a paz do orgulho paterno intocado, a história edificante do provedor infalível que deu o tiro certeiro que matou a pomba que o cachorro levou.

12
Os papagaios

Os dois homens conversavam, cada qual com um papagaio na cabeça. Os bichos movimentavam-se em negaças, quedas de asa, passos inseguros e bamboleios, acompanhando a circunferência da cabeça humana sobre a qual cada um pousava as garras longas. Os papagaios não se miravam, as cabeças evitando a direção do outro. Nenhum som vinha das penas verdes.

Os homens conversavam, e os papagaios gingavam como costumam gingar os papagaios empoleirados. Mas sem som. Os homens sim falavam muito, só que também sem elevar as vozes, como não costumam falar os donos de papagaio, em cujas casas barulhentas o sussurro é perda de tempo.

Conversavam em redor de uma mesinha redonda de vidro sobre malha branca de ferro e pé da mesma forma redondo. As cadeiras eram também de malha de ferro e redondas no espaldar e no assento. Enquanto um falava, o outro nem se permitia piscar e engolia com interesse as palavras, media com suspicácia a inflexão das frases e não perdia nada dos gestos e das outras falas do corpo a sua frente. Alguém até poderia dizer, e eu digo, que o assunto tratado ultrapassava os limites da conversa fiada. Se o murmúrio fazia ver um clima de compadrio, o mesmo não dizia a distância marcada pelos olhos embaçados, firmes e fixos no outro.

Os papagaios se sacudiam na marcha regular em redor das cabeças como se deslizando por uma estrada de ferro de trilhos soltos. A cada tanto, quebravam a rotina e invertiam o rumo da caminhada, providência necessária para evitar que se despinguelassem de tontos. Não diziam nada audível, apesar de a língua volta e meia assomar, como um pêndulo, à janela do bico, e todos saberem que as aves dissimuladas estavam em plena confabulação.

Os dois homens conversavam, e era uma cena marcante aqueles dois em volta da mesa com suas coroas animadas de papagaio verde. Para uma conversa tão longa, era chamativo que não se encostassem nas cadeiras. Não. Curvavam as costas buscando o outro, o que permitia às vozes o mínimo possível de volume. Não paravam nunca, um engatando comentário, resposta ou pergunta em atenção à deixa do final da fala do outro. Parecia que não respiravam. Dava certa aflição acompanhar a sofreguidão com que cumpriam a obrigação de falar na vez que a cada qual tocava no diálogo. *Um véu de noiva de palavras indistintas, mesmo ao observador mais indiscreto, caía de cada boca imitando duas gargantas de montanha que jogassem suas respectivas cachoeiras, por aquelas mágicas coincidências da natureza, no mesmo vale*, nas palavras do poeta de nossa vila.

Os homens conversavam desde muito tempo. Procurando ser mais preciso, talvez melhor seria dizer que conversavam desde sempre. Que eu saiba, aquela cena sempre esteve ali daquele jeito: homens conversando embaixo, papagaios gingando em cima. A avó me contou na infância que no tempo de ela menina era costume toda tarde as famílias virem e se acomodarem pela clareira para observar. Muitos traziam o que comer e beber, outros davam apenas uma passada. Era um ritual de renovação do sentimento de segurança de que a vida seguia simples e sob controle. Depois as pessoas não vinham mais, porque se podia acompanhar tudo por TV e internet, mas a necessidade de checar a permanência da conversa continuava.

OS PAPAGAIOS

Conversavam semicurvados, o mundo inexistente além do outro. Também para nós o quadro dos quatro seres em harmonia imutável era bastante em si: não procurávamos histórias nem sentido ou ligações ou explicações. Coisa que nunca ninguém pôde dizer foi de onde vieram eles e como tudo teria começado. Quem olhou mais tarde para eles viu que o tempo que passou passou também para os dois. Havia cabelos brancos, óculos e rugas aqui e acolá. Podia-se ver também uma bengala do lado de cada cadeira. Só não havia como dizer se eram deles ou de alguém, deixadas ali como presente de amor, amizade, solidariedade ou pena.

Um belo dia, e esse dia já vai longe, os papagaios, sem interromper a marcha bamboleante, desceram de surpresa para os ombros dos homens, pararam por segundos para olhar um para o outro e sincronizaram os movimentos de corte da veia do pescoço dos humanos com uma bicada. Os feridos, sem um som perceptível, se curvaram com lentidão sobre a mesa e apoiaram a cabeça derreada no vidro. Pelo arco que formavam cabeça e pescoço, passaram os papagaios para a mesa e daí para o chão. Pés sujos desenhando pegadas vermelhas, saíram do cenário de tantos anos conversando um com o outro e sob aplausos da população.

Algum tempo depois, a comunidade mandou construir duas estátuas verdes de cimento para os papagaios. Sem que ninguém fizesse nada para isso e sem qualquer medida formal, ficou criado o Dia do Papagaio, quando toda a gente sai pelas ruas vestida de verde e trocando agressões falsas com seus grandes bicos postiços.

Os homens da clareira viraram ladrilhos, de onde nasceram plantas e brotaram pedras.

13
Cativak da Encosta

I

Eu sou a cozinheira Isvok, filha terceira de Manó e Rymunda Arco. Já são mais de vinte anos comandando a cozinha, dando de comer às hoje 1.417 almas de Cativak da Encosta, obrigação muitas vezes esgotante, ainda que no mais das vezes passável. Outras ocupações aqui são bem mais prejudicadas, como as de lavadores de janelas e de elevadores de gentes e coisas sem vida. Por isso não me queixo. Melhor até esclarecer que, ao contrário, sou é muito feliz e agradecida por estar na ocupação, ao menos ocupação é, tem paga e reconhecimento. O Senhor seja louvado, que longe de mim ser mal-agradecida nesta vida, comigo tão mãe, em meio a tantos aconteceres madrastos com as demais criaturas. Beijo as vestes da Santíssima Mãe e o escapulário bendito de todos os santos, amém.

Mas por que me encontro lutando com esta encomenda maior que minhas possibilidades (é o que penso) de dar testemunho sobre Cativak da Encosta? Mesmo que não alcance os desígnios, obedeço à determinação dos Augustos Maiores, guardiães da tradição e do futuro, mandatários da Divina Providência como guias de nosso povo em provação. Tudo farei para que não me reprochem no final e procurarei cumprir com amor às coisas contadas a ordem de narrar aos povos aí de fora a sina singular do povo cativake.

Antes de entrar de vez na tarefa a que acorro humilde e obsequiosa, penso ser apropriado dizer aos nobres leitores um pouco mais sobre a figura que garatuja estas linhas, com o propósito simples e único de reforçar o pedido de compreensão para as falhas que na empreitada cometerei.

Sou cozinheira, repito, e tenho cinquenta e três anos, todos eles tendo feito questão absoluta de deixar-me na cara prova física da respectiva passagem. É o que me diz o espelho, a que procuro consultar com cada vez menos frequência. Dou minha aparência para que não fiquem com a impressão de estar ouvindo um fantasma. Continuo. Pouco passei do metro e cinquenta de altura e sou menos morena que o padrão, se é que se pode falar de padrão racial em Cativak. Meu marido, Valok, alma boa quase santa, quer me fazer crer que não mas eu podia perder muitos dos indesejados quilos e ainda não ganharia o direito de formar com os magros. Que mais posso dizer? Vivo com alegria em meio a amigos, marido e filhos, que são dois, dois homens. Meus pais já morreram: ele, como adiante se verá; ela, de doença degenerativa há pouco mais de três anos. Não pude ir muito para o lado das letras e dos algarismos porém não me queixo. Os cativakes precisam comer, quer dizer, precisam de mim. Toca-me uma ventura profissional, qual seja a de prover aquilo que os organismos mais diversos, do mais deslustrado cidadão até o mais venerável dos venerandos, necessitam para seu sustento e desenvolvimento vital. Não me tomem, por favor, por pretensiosa. Não mesmo, por favor. O que digo é apenas repetição da lição dos Maiores sobre a importância dos distintos labores para a comunidade. Se me conhecessem de antes, saberiam que não combinam comigo a egolatria e a vaidade.

Nunca li um livro na vida, coisa que existe parece aí fora com muito mais abundância que aqui em Cativak. Mesmo dos poucos que temos nunca me aproximei. Nunca vi razão para isso por tudo que sabem vocês são minhas obrigações na vida. Sei escrever, é claro, porque todos os cativakes sabemos o que nos ensinam nas obrigatórias aulas elementares de Letras, Números, Comportamento e Gosto. A missão que ora se inicia a mim me parece imensa mas os Maiores me conhecem, conhecem a missão e terão tomado a decisão correta quando indicaram a mim.

Os senhores e as senhoras também já sabem quem sou e por certo não estão esperando muito em floreios e qualidade de estilo. O único que prometo é a partir de agora ir direto ao relato, com fidelidade e franqueza, apesar de às vezes essa orientação me custar em demasia.

II

Antes da Maldita Avalanche, isto aqui ainda não se chamava Cativak da Encosta. Eram pouco mais de trezentas pessoas espalhadas por fazendas, chácaras e o quase-nada distrito de Cruz do Bom Jesus. Ao ajuntamento de casebres da sede do distrito, todos vinham no fim de semana para fazer compras, conversar fiado e ir à missa ou participar dos festejos religiosos. Nada diferente dos outros arraiais do mesmo naipe. Poucos filhos saíam para as cidades grandes a tentar a sorte. A maior parte ia ficando por ali, os pais sempre chegando um bocadinho mais para o lado a fim de abrir espaço ao cada vez menor minifúndio que tocava a cada filho varão. Para que vocês tenham uma ideia, meus bisavós ainda participaram dessa repartição, que era uma repartição confusa para os sentimentos dos pais que repartiam. Confusa porque, se era uma maneira de ter os filhos por perto, ao alcance da vista, o que é confortável, também era uma espécie de condenação, de que não se podia escapar, a uma vida cada vez pior, mais escassa e sofrida para todos, o que é doloroso. Enfim essa era a vida e parecia natural tocar a vivê-la com acatamento e sabedoria.

Aquele ano o Carnaval ia ser comemorado da maneira habitual em nossa região, com missas e rezas. A gente aqui não é muito de festas pagãs, de bebidas e comportamentos dissolutos. Isso não. Como usual as famílias começaram a chegar já na quinta-feira anterior.

A procissão do Senhor Escudo contra as Tentações do Mundo preparou-se como devia e saiu às quatro da tarde do sábado. Todos estavam de branco, com uma pequena cruz de madeira. A caminhada começava nos fundos da igreja, dava a volta pelo vilarejo e terminava de novo na igreja, agora pela porta da frente adentro. Era tão bonito de ver. Uma parte do que conto é pelo que ouvi dizer, claro. Por certo não presenciei coisas de quando nem meus pais eram nascidos. Mas todos nós sabemos muito bem quanto era lindo acompanhar a procissão do Escudo, como se chamava por abreviação aquela prova do sentimento religioso de nossa gente.

A cada tanto, um grupo de mascarados representando o mundo de perdição postava-se em atitude caricaturesca de desafio diante do padre, que ia à frente do andor com a imagem do Senhor Jesus. Nesse momento a multidão juntava-se em semicírculo em redor do padre, para indicar a tomada de partido do lado do bem, e todos empunhavam os respectivos crucifixos, o padre com o seu de metal prateado, e repudiavam as tentações dizendo três vezes "Afasta-te de mim, Satanás, que Deus é maior". Ameaçado pelas centenas de crucifixos apontados em sua direção, o grupo de mascarados dispersava-se, numa alegoria à vitória de Deus sobre o Maligno, e ficava de novo no fim da fila, até a próxima parada, quando se repetia a encenação. A multidão gritava então a todo pulmão "Glória a Deus", e a procissão seguia. Se vocês me pudessem ver agora e eu lhes estivesse falando em vez de escrevendo, iam perceber minha emoção na voz e nos pelos do braço. Assim também ficava a gente na procissão.

Só que aquele dia algo terrível aconteceu. Sinto me embaralharem as palavras mas isso logo passa. É que não há coração cativake que não se emocione com a lembrança do Momento. Sei que vocês entendem ou logo entenderão.

Bem, antes de prosseguir é preciso dizer algumas coisas sobre a Antiga Geografia de Cativak, que, o leitor se lembrará, é o mesmo que falar na Geografia da antiga Cruz do Bom Jesus. O arraial ficava na parte mais elevada, uma espécie de altiplanura aonde se chegava após subir na parte mais baixa, a sul, uns quase três quilômetros em curvas fechadas. Na subida mais alta, a noroeste, havia que enfrentar uma distância de mais meio quilômetro de voltas por entre uma vegetação muitas vezes tão espessa que gerava uma noite temporã a qualquer hora do dia. Eram as duas vias normais de acesso a Cruz do Bom Jesus, transitáveis com maior ou menor dificuldade em qualquer época do ano. Os carros subiam gemendo, numa inversão interessante: a coisa inanimada é que tinha a iniciativa de traduzir a queixa que os animais suportavam sem um ai. E era bonito quando, na última curva do caminho, a vista podia alcançar o amontoado de casas, a lagoa vizinha, as árvores de fruta e as serras, uma presença constante depois do fosso em anel que circundava Cruz do Bom Jesus. Era demasiado bonito olhar num só olhar a mata e as serras, o verde continuando no azul, uma composição natural tão suave ao sentido quanto forte na lembrança de que ninguém podia se libertar para o resto da vida.

Meu bisavô chegou aquele sábado de madrugada, o coração batendo a mesma excitação do fascinante vilarejo, uma cidade imensa para a experiência limitada do menino caipira. Vinha com os pais José e Maria Eugênia, a irmã Anastácia e os irmãos Amâncio e Serapião. O carro de boi encostou com preguiça na casa de um primo do meu trisavô, onde foram recebidos pelo ambiente de festa e a sincera boa vontade dos anfitriões. A casa era um enorme quadrado em torno de um pátio simpático com fruteiras e uma cisterna. Muita gente mais já havia chegado do campo, o que fazia o movimento imenso entre os cômodos. Uma mesa de madeira comprida, bem comprida, estava servida com café, leite, frutas, pães, coalhada e outras delícias. Tudo testemunhava a verdade bem conhecida: a festa do Escudo não combinava com economia ou frugalidade. A solidariedade automática era a segurança de mesa farta em todas as casas, e lá não era diferente. Todos os convidados tinham trazido sua contribuição: galinha, queijo, frutas, mel, ovos, peixe, feijão, veio de tudo. Ao dono da casa tocava fazer as honras e cuidar do que era manutenção normal do funcionamento do lugar, já que até o trabalho de cozinhar e arranjar as coisas era socializado com os hóspedes.

III

O simples botar a cabeça pela janela aquele início de manhã era suficiente para se contagiar com a graça que tomava Cruz do Bom Jesus. A igreja reinava e reinaria mesmo que não fosse o prédio mais alto do lugar. As campas altas, além de atrair a atenção de qualquer parte que se olhasse, ainda iam marcando a agenda do dia santificado. As missas começaram às seis e se repetiram às nove e às dez. Depois vieram as rezas, os batizados, as primeiras comunhões, as crismas, outras rezas e, por fim, a procissão.

Mas é hora de uma vez mais voltar ao fio da história. Eu disse, paciente leitor, que não era a mais indicada para o mister. Vou tentar resistir à tentação dos desvios, que retardam o encontro obrigatório com o acontecido terrível da madrugada. Se eu pudesse, fugiria dessa obrigação pelo que me traz de medo e mortificação porém não vou escapar mais e retorno aos fatos.

No dia anterior, sexta, o padre tinha escalado os coroinhas para a primeira missa do sábado. Um deles, Juvêncio, filho de Zacarias, saiu de casa por volta das cinco e vinte da madrugada. Tomou um atalho por trás do armazém abandonado da cooperativa, o que lhe economizaria uns cinco minutos e o encontro com os dois cachorros amedrontadores do seu Nicolau da farmácia. Ocorre que o desvio tinha seus inconvenientes. Um deles era o escuro que havia que atravessar desde uns dez metros antes da cancela até depois da sombra do pé de manga, já quase na rua, do outro lado. E aquela madrugada pouca luz vinha do céu. Juvêncio não tinha medo do desconhecido e não lhe era custoso varar aquela muito conhecida escuridão. Cruzou a cancela. No instante mesmo em que pousou o pé direito no chão coberto de folhas secas, ouviu um gemido baixo e de pouca força. Era de gente? Não parecia, achou ele. Pensou em fugir, de preferência de volta para a luz recém-deixada, mas não quis. Ao contrário, resolveu verificar o que estava acontecendo. Ainda que a escuridão fosse pesada, deixou que os olhos fossem se acostumando e avançou devagar no rumo dos gemidos, que não paravam. Viu logo um vulto curto estendido no chão perto da cerca à esquerda. Parecia sacudir-se em espasmos. A coragem instalou-se em Juvêncio de vez, e ele deu passos decididos. Mais perto viu o cachorro, que, como depois toda a cidade soube, estava morrendo e, Deus é maior, não tinha pelo menos o terço posterior do corpo. Perdão pela imagem forte porém não tenho escolha senão apresentá-la assim. Juvêncio sabia que não havia salvação para o cão e que o mais piedoso era sacrificá-lo. Foi o que fez sem demora, não sem um sentimento de consternação. Poupo os detalhes dessa providência porque não são relevantes e encompridariam sem necessidade o quadro de horror que me toca pintar.

Pois bem, Juvêncio seguiu para a igreja, a passo apressado, mas não conseguiu chegar a tempo. O padre já celebrava a missa, outro garoto no lugar do retardatário. Duas vezes chateado, Juvêncio postou-se quase no fundo da igreja e pediu a ajuda divina para descarregar-se do peso tão grande para um dia que mal se podia considerar iniciado. Pobre criança. Absorto em suas preces, jamais poderia imaginar que a desgraça que nos marcaria para sempre apenas se anunciava.

IV

Quando a missa terminou e o padre ia saindo para a sacristia, os coroinhas atrás, entrou uma mulher correndo e gritando na igreja:

– Valei-me, padre, valei-me.

– Que foi, D. Marta? Que aconteceu, criatura de Deus? – perguntou, deixando num dos bancos o cálice e os paramentos. – Sossegue e conte.

– Perto do cachorro morto, encontrei uma criança ameaçando a mãe com uma faca. Uma criança, padre, de cinco anos. De cinco anos, entendeu?

— Por favor, se acalme. De que cachorro a senhora está falando? E a criança e a mulher, quem são? Não estamos entendendo nada de sua conversa. Por favor, se acalme.

— Desculpe — disse após tomar um gole da água que uma senhora que vira todo o desassossego lhe ofereceu. — Vou tentar explicar. Hoje cedo, quando vinha para a missa, passei por trás do armazém da cooperativa, sabe aquele desativado? Pois é, cortei caminho por ali. Não imagina o horror, padre. Primeiro vi um cachorro, na verdade a cadela do seu Nicolau da farmácia, morta, parece que matada por alguém.

— Eu também vi o cachorro — atalhou Juvêncio. Todos se voltaram para ele, inclusive D. Marta e o padre. — Também quando vinha para cá. Por isso cheguei atrasado. — Juvêncio então contou com poucos detalhes o que tinha visto e feito.

— Não, Juvêncio, não estava faltando nenhum pedaço na cadela. Você deve ter se confundido no escuro. Você viu mais alguma coisa? — quis saber D. Marta.

— Que coisa? — Juvêncio não estava entendendo.

— A criança e a mulher...

— Onde? Perto do armazém?

— Claro.

— Não. Não vi nada. Mas isso não quer dizer muito porque estava escuro de quase não conseguir ver um palmo diante do nariz. Só encontrei o cachorro porque estava gemendo.

— Então conte, D. Marta, sobre a criança e a mulher — disse o padre.

— Já não era tão escuro quando saí de casa. Ao chegar perto do pé de manga, tendo passado pelo cachorro morto, encontrei a criança debruçada sobre a mulher. Aproximei-me e vi uma mancha vermelha sobre a roupa da mulher deitada. Ao me ver, ela disse: "Salve-me, por favor. Tire esse monstro daqui. Não se engane, que ela não é uma criança, não é uma criança, não se engane. Esse monstro acaba de me matar". A menina, de uns cinco anos, chorava como sem entender o que se passava. No entanto tinha uma faca na mão direita, que mal segurava. E dizia: "Mamãe, mamãe, mamãe". Levei com ajuda de outras pessoas a mulher para o posto de saúde, e deixamos a criança com uma enfermeira. A mulher parece não estar mais em perigo porém quer falar com o padre sem demora. "Por favor, depressa", pediu várias vezes. Por isso estou aqui. Vamos, padre, vamos logo. Algo de muito estranho está acontecendo. Por favor, não vamos ficar aqui parados.

Depois de guardar na sacristia o que devia ser guardado, não só o padre e D. Marta mas boa parte dos fiéis da missa das seis rumou para o posto. Lá chegando, o padre já perguntou da porta para a enfermeira:

– Onde está a mulher?

– Saiu – disse ela.

– Como "saiu"? – disse o padre. – E a criança?

– Ela levou.

– Como "levou"? – era a vez de D. Marta interrogar. – Estava apavorada com medo da menina. Como é então que saíram as duas juntas?

– Com medo da menina? De que a senhora está falando?

– A enfermeira não conhecia os detalhes do que teria visto D. Marta. – Saíram as duas abraçadas.

– Não acredito – disse D. Marta. – O que a fez mudar de ideia? Não falou nada antes de sair?

– Falou que não estava sentindo mais nada, que não era nada ou algo do tipo. Na verdade o arranhão não era nada. Até com um pouco de álcool se resolveria o problema. O que fez foi correr para a criança logo que a senhora, D. Marta, saiu daqui. Abraçou bem forte a menina e ficou repetindo: "Minha filhinha, você está bem? Está?" E foram embora as duas.

– E quem são essa mulher e essa criança? – perguntou o padre.

– Ninguém daqui do posto conhece. Não devem ser das redondezas. Pelo sotaque, é gente de fora.

A mulher sumiu por não se sabe que rua. Houve quem dissesse ter visto as duas subindo a um cavalo e saindo da cidade. Outros afiançaram que ela foi à procissão, sozinha, e que cantava forte e bonito, tão forte e bonito de dar medo.

V

Antes das nove, Silvéria terminou de tomar banho e vestia-se para ir à próxima missa. Quando iniciou a pentear os cabelos, o pente caiu-lhe da mão quase debaixo da cama. Abaixou-se para apanhá-lo e percebeu que do piso brotava uma coluna uniforme de um líquido brilhante e azul. Só que não era em toda a área do quarto. Apenas num retângulo com as dimensões de um berço, a coluna ia crescendo, como se a gravidade atuasse ao revés, de baixo para cima. Silvéria deu um gemido e saiu rápido do quarto para a cozinha, onde estavam todos. A menina de treze anos vinha branca como o algodão que algumas vezes ajudou o pai a colher. O alarma levou uma cambulhada de gente para o quarto, todos sem entender o que estava acontecendo. Aberta a porta, via-se que o jorro azul, como se limitado por paredes de vidro, crescia aos poucos para o teto. Do espanto ao temor, foi só uma questão do primeiro grito. As pessoas entraram no quarto mas se mantiveram longe do líquido, observando de segura distância o que não conseguiam entender.

Sem parar de crescer, a coluna atingiu o teto. Em vez de cair, o líquido espalhou-se num segundo por todas as telhas da casa, tingindo-as, o que é mais inexplicável ainda, de amarelo-ouro. Apenas uma gota dourada desprendeu-se do teto e caiu na cabeça de José Clemente, negro forte e risonho, músico de profissão e talento. Enquanto os demais davam um pulo para trás, Clemente abria o sorriso e comentava:

– O que de longe em longe queima, só nos santos óleos encontra alívio.

Foi dizendo e caindo para o lado direito. Quando o corpo, que desceu muito devagar, tocou o chão, Clemente fez-se fumaça e escapou pela fresta da janela fechada. Quem estava dentro do quarto não pôde deixar de fazer o pelo-sinal. Quem estava fora da casa viu a fumaça dispersar-se no ar.

VI

Porém essas coisas se deram antes da procissão do Senhor Escudo contra as Tentações do Mundo, e convém voltar depressa a ela para que meu relato não se perca na desordem. Então retornemos à multidão com crucifixo contra os mascarados da perdição. A procissão foi se desenvolvendo como sempre, cada um no seu papel, cada coisa na sua hora. "Afasta-te de mim, Satanás, que Deus é maior", diziam três vezes os fiéis para espantar o Coisa Ruim. Tudo andava como o figurino, e a multidão arrematava com o "Glória a Deus" de praxe. Só que aquele era um dia diferente, único. E foi o que se passou: numa das vezes em que as pessoas gritaram o "Afasta-te de mim", explodiu um fogo verde em volta de um dos mascarados e se ouviu uma gargalhada de gelar o sangue. Os representantes da tentação não fugiram como mandava o roteiro, e a procissão se desfez em correria e gritos de "Valei-me, Nossa Senhora". Nunca ninguém soube quem era o mascarado que deu tanto trabalho ao padre para reunir outra vez a gente na procissão.

VII

E aí veio a madrugada de domingo, todos ainda reunidos em redor de fogueiras ou mesas de comidas comentando a estranha coincidência de esquisitices. Bom Jesus não dormiu aquela noite. Nem crianças e bichos tiveram sossego para conciliar o sono. O ambiente estava muito chispeante, as criaturas muito acesas e falantes. Eram por aí pelas três quando as primeiras estrelas cadentes foram vistas. Coisa comum, não é de chamar a atenção. Não se meia dúzia numa noite, a intervalos razoáveis, o que não era o caso, não senhor, não era mesmo.

A gente de Bom Jesus viu dezenas, centenas, talvez milhares de estrelas despencarem do céu em riscos prateados. Depois de umas duas horas, é que se veio a entender o que se passava. Conto o que ouvi e sei que com certeza se passou. Cada estrela era como uma lâmina larga e comprida que fendia a terra em redor do vilarejo. Os que estavam nos arredores de Bom Jesus viram com os próprios olhos a ocorrência fabulosa. A lâmina invisível entrava na terra e um pedaço de chão se apartava, caía ladeira abaixo e ia moldando uma coluna reta e uniforme sobre a qual sobrava a área central do vilarejo. As estrelas acabaram a construção da coluna que isolou Bom Jesus, na altura inacessível em que nos encontramos até hoje, por volta das cinco da manhã.

A notícia disseminou-se logo, e os mais corajosos junto com os menos ajuizados, se é que eram pessoas distintas, correram para ver com os próprios olhos as bordas da coluna colossal. Era verdade e houve muito desespero. Alguns se atiraram no estranho vácuo, e contam, embora isso não seja comprovado e atestado, que alguns dos suicidas aterrorizados não eram aceitos pelo precipício e vinham jogados por mãos misteriosas de volta para Bom Jesus. Foi preciso a autoridade do padre e o argumento forte de alguns tiros para o alto até que a gente do lugar fosse persuadida a reunir-se no largo da igreja.

– Deus nos está falando com clareza – começou o padre.

– Falta apenas entendermos o que nos quer dizer. De toda forma, é desrespeito a Ele não aceitar com resignação as provações de nosso caminho. Não estamos entendendo agora o que se passa mas é hora de calma, muita calma, que é a única coisa que nos fará vencer o desafio. O desassossego só nos levará ao desatino e à desunião. Não deixemos que a impaciência ponha a perder nossa chance de reagir com sabedoria a qualquer que seja o perigo que ameaça nossa tranquilidade. Fiquemos todos aqui juntos na praça. Deixemos que uma comissão vasculhe os limites da vila e reúna as informações necessárias para entender qual é a situação. Enquanto isso, os demais ficamos aqui juntando nossas preces em benefício do pronto restabelecimento da paz.

Assim foi feito. Cinco homens e uma mulher saíram para cumprir a missão de reconhecimento. Não demoraram muito, e um silêncio nervoso precedeu os discursos aos aflitos reunidos na praça sob o sol das já mais de sete horas da manhã de domingo.

Disse o primeiro:

– Vimos o que está aí para ser visto. O horizonte está mais curto. Pouco se pode andar até chegar ao fim do nosso mundo.

E o segundo:

– A área que restou a Bom Jesus é um quadrado perfeito. Percorremos a mesma medida nas quatro direções.

O terceiro:

– As ladeiras que nos levariam ao chão lá embaixo são escarpas lisas impossíveis de ser escaladas.

A mulher foi a quarta:

– Não se pode ver o chão lá embaixo porque há uma espécie de anel feito de nuvens brancas mas pesadas.

O quinto:

– O rio Pitangueiras continua correndo só que agora despenca pelo lado oeste numa cachoeira de fumaça branca.

E o último:

– Não há problema para olhar a paisagem de longe da beira do precipício. Quanto mais chegamos perto, no entanto, menos podemos ver do que está fora de Bom Jesus. Quer dizer, a paisagem exterior vai ficando mais fora de foco quanto mais nos aproximamos dela.

Um zunzum foi crescendo na praça enquanto os emissários iam dando notícia da missão. Muitos dos que ouviam estavam pálidos e choravam. As crianças olhavam aflitas por entender o que o rosto tenso dos adultos queria dizer e, como não o conseguiam, choravam também.

De repente aquela gente perdida começou a correr em formação militar. Iam de uma ponta a outra na praça, paravam, davam meia-volta, corriam outra vez. Em cadência silenciosa, percorreram o perímetro do quadrado de precipícios ao redor do vilarejo. Olhavam à direita ou à esquerda como se sob voz de comando. Subiam até perto da escola, paravam e voltavam a descer rumo à praça. Davam voltas em redor de uma quadra sem razão que se soubesse, repassavam caminhos, transitavam por atalhos. Sempre correndo e em silêncio, iam todos: autoridades, velhos e crianças, até os bichos, primeiro os domésticos, depois os de montaria e, fechando a massa ordeira, os bichos de criação, os silvestres e os insetos voadores. Todos os seres viventes dotados de movimento correram juntos por mais de hora.

Então a vila foi para casa. A partir daí, foram três dias e três noites do maior silêncio. Não houve som em Bom Jesus. Nas casas fechadas, não havia regra imposta contudo ninguém falava, nem as crianças aninhadas de susto nos regaços da família. Só na quarta-feira à tarde, começando pelas janelas, o movimento voltou. Primeiro as pessoas andaram pelas ruas. Sem propósito ou quase. Olhavam e procuravam ouvir mas não perguntavam nem arriscavam explicações. Em seguida os comércios retomaram as vendas, as conversas ainda mínimas: quanto é, me dê, obrigado.

No fim da tarde, todos se dirigiram, sem convocação explícita, para a praça. O padre apareceu; também o delegado, a diretora do colégio, a enfermeira, os professores, o coletor, os soldados e as demais autoridades, que formaram uma espécie de mesa diretora da assembleia e se agruparam no alto da escadaria da igreja, de onde os oradores falavam ao povo.

O padre começou:

– Deus é mais. Aquele que, sob pretextos mundanos, negligencia a obra do Senhor constrói no mundo das trevas sua recompensa. Aquele que, afrontando as tentações do mundo, carrega nos ombros a carga do trabalho santo e da dedicação ao Sagrado, este constrói no Céu sua recompensa. Estamos na Quaresma. Vivamos como cristãos a santidade da abstinência e da renúncia. Sejamos nestes dias os filhos diletos do Pai Celestial, rendamos graças ao Senhor nosso Deus.

Também o coletor tangenciou o "Momento", como ficou conhecido o instante em que as estrelas começaram a cair sobre a vila:

– A vida em comunidade é a resposta civilizada ao caos natural das coisas brutas. Unidos, irmanados pelo ideal de comunhão de propósitos, somos invencíveis. Consideremos a reforma da escola. Que seria de nossos pequenos se estivéssemos ainda à espera da ação das autoridades do município? E quanto nos custou levantar os recursos necessários para aquilo que necessitava ser feito? Pouco, muito pouco, sei que todos concordam. E aí está. Temos hoje uma das melhores instalações da vizinhança, incluída a sede do município, a cidade tão aquinhoada com o cuidado das autoridades.

Perseveremos na união e colheremos os frutos abençoados do poder de fazer mais, que temos juntos.

Depois dele, um soldado e um professor escorregaram também pelas bordas geladas do vulcão e tentaram levar em vão a conversa para outros focos.

A embromação não ia sendo bem tragada pelas pessoas. Como podia ser que ninguém ali falasse do que interessava, do que era a razão para estarem ali?

Tocou a vez à diretora do colégio:

– Como responsável direta pelo estabelecimento que educa as sucessivas gerações de bom-jesuenses, não podia furtar-me a dirigir algumas palavras de agradecimento ao querido povo do lugar. Sem dúvida as obras a que já se referiu o nobre coletor nos possibilitam oferecer um ambiente que em tudo favorece a formação do intelecto e do caráter de crianças e jovens. Obrigada de coração aos que não mediram esforços para reunir os recursos necessários. Correndo o risco de cometer injustiças, penso ser adequado destacar o trabalho de alguns abnegados a quem tanto devemos. Quero citar Justiniano...

Foi quanto bastou. Não há unanimidade sobre se a diretora acendeu o estopim consciente ou descuidada. O certo é que Justiniano, figura respeitada de aposentado a quem todos se ligavam por afeto de um modo ou de outro, havia sido um dos desaparecidos do início das "Grandes Dores", título com que mais tarde os tumultos passaram a ser chamados, tormentos que, naquele momento na praça, ainda não tinham mostrado toda sua hedionda face.

– Deixem de enrolação – gritou alguém. – Por falar em Justiniano, onde está ele? Que aconteceu com ele e os outros? Que aconteceu com Bom Jesus? Quais são as explicações? Essa conversa fiada não nos interessa nada. Queremos respostas, queremos providências, queremos um rumo.

– Isso mesmo – apoiaram inúmeros outros.

Subiu o que tinha se manifestado em primeiro lugar. Agora se podia ver que era Claudino, o leiteiro, e ele falou:

– Coisas como as que se passaram aqui não são comuns. São sem dúvida obra divina. Melhor dizendo, castigo divino. E por que Deus castiga os homens? Por boa coisa é que não é. E por que castigar a todos nós? Só pode ser por uma culpa coletiva, por algo que fizemos em conjunto ou deixamos juntos que acontecesse. Que mal pode estar em nossas consciências? Que desobediência às leis de Deus podemos ter cometido?

O padre entendeu ser seu dever intervir:

– Não tenhamos a pretensão de entender a ação divina e suas razões. O que não parece merecer qualquer dúvida é o fato de que Deus tem razões de sobra para estar aborrecido com os homens.

De repente começaram os gritos que atribuíam o que chamavam de "claro castigo de Deus" aos mais variados motivos. Desde os bem genéricos, como "a perdição da Humanidade", até os do tipo "a presença de mulheres com roupa vermelha, a cor do pecado, na procissão". De manifestações isoladas, as acusações viraram histeria da multidão. A insanidade espancou e matou as primeiras vítimas ali mesmo na praça. Para que se tenha uma ideia da força do desequilíbrio, meu pai foi morto décadas depois para expiar a suposta culpa familiar de haver contribuído para a maldição. Ora, meu pai era albino e, portanto, um "assinalado" pela própria natureza com a distinção acusatória da cor da pele e dos cabelos. Um desequilibrado puxou o assunto numa roda com bastante gente, e a histeria resultou no espancamento até a morte do velho. Muitos cativakes morreram nas vagas periódicas da estúpida intolerância que colocou uns de nós contra os outros, os mulambentos contra os estropiados.

Enfim era compreensível que se buscasse alguma explicação, e essa explicação foi buscada às tontas, ao sabor dos incêndios que iam sendo provocados por insinuações irresponsáveis. Por isso tanta gente sofreu a violência sem humanidade dos dias seguintes ao Momento. Quem viveu as Grandes Dores soube até o resto dos dias o que era carregar a carga enorme de ter testemunhado no outro o terror da incompreensão e do descontrole.

VIII

Sossegado o ambiente, após três dias de baderna e danação, as famílias procuraram se reagrupar, conferir os danos e as eventuais baixas. Houve um momento quase sincronizado em todo o Bom Jesus quando as famílias se abraçaram em silêncio numa troca de calor que era promessa de salvação e solidariedade.

Houve muita discussão, acusações e pedidos de desculpa, até que a necessidade de encontrar o rumo para a vida nas novas condições predominou sobre o impulso de encontrar explicação sobrenatural para o desastre. Há muita desinformação, o que acredito ser natural. Existem alguns dos mais novos que não acreditam em nada do que a tradição conta sobre nossa história. Não faltam inclusive mais velhos que difundem a versão de que Cativak sempre foi o que é, nunca tendo existido uma Cruz do Bom Jesus apesar das inscrições em pedra na igreja. Os excêntricos não contam com muita simpatia e compõem um grupo de desajustados a que pouco se dá ouvido. Mas não posso fingir que não existem, porque existem e são barulhentos.

A situação se encarregou de mostrar a vantagem de concordar com um mínimo de regras para a convivência. O certo é que os Augustos Maiores fundaram uma organização que nos tem permitido viver e progredir.

Tudo, eu sei, é novidade para vocês. Por isso vou tentar descrever como é a vida e o funcionamento das coisas aqui em Cativak, que teve que deixar de ser Cruz do Bom Jesus de forma natural. Vou buscar não me alongar demais no que não interesse a vocês.

Não há certeza quanto à origem do nome. Parece ser uma mistura de "cativo", por nosso isolamento forçado do restante do mundo, com "cativar", da consciência da necessidade de nos unirmos para conseguir sobreviver.

A organização é simples. Os Augustos Maiores são um conselho de doze pessoas escolhidas entre os mais sábios, não só entre os mais velhos. Decidem sobre os temas importantes, as regras gerais. O restante é decidido em acordo pelos envolvidos diretos. Talvez a ameaça constante da vida difícil funcione como estímulo. Não sei. O certo é que não temos grandes problemas na condução dos assuntos de governo.

Quanto ao trabalho, a necessidade mais uma vez nos mostrou o encaminhamento natural: as tarefas prioritárias são divididas entre os cativakes segundo a avaliação de aptidão e força física requeridas. É lamentável mas não podemos nos dar ao luxo de deixar a cada um a escolha do ofício. Isso nos leva a duas constatações: primeiro, a consciência do interesse maior não deixa ninguém reclamar do que é determinado fazer; segundo, esse determinismo, essa falta de liberdade de escolha, é o motor principal para a Expedição do Reatamento. Que vem a ser a Expedição? A missão de religar Cativak ao restante do mundo.

Desde os primeiros tempos, o desejo é claro, e boa parte da energia de nosso povo vem sendo canalizada para encontrar a saída para os impasses, que são em resumo dois: vencer as escarpas e carregar a bagagem necessária à viagem incerta. As escarpas são lisas e escorregadias, como se de barro de louça, e têm uma inclinação para dentro, como se buscassem o bico de um funil. Essa forma torna as manobras muito mais difíceis. A solução em que estamos trabalhando há anos é a construção de várias plataformas intermediárias pelo lado noroeste. Escavadas na rocha, as plataformas são uma espécie de terraço e caverna, com espaço para as pessoas dormirem e estocarem alimentos e ferramentas.

Constrói-se uma plataforma, leva-se a gente e o material para lá, de onde se prepara a construção da próxima. É a operação mais difícil para nós. A inclinação é negativa, é para dentro. Com o tempo e depois de muito sofrer em acidentes, vários com morte por queda no despenhadeiro, nossos técnicos acabaram por desenvolver um sistema complexo de roldanas e cabos, que, com muito trabalho e muitíssima demora, tem conseguido fazer avançar a descida. A dificuldade para retornar é maior que a para descer a uma das plataformas.

No início quem ia sofria demais para voltar a Cativak. Por isso três famílias foram encarregadas do trabalho. As pessoas delas vivem em plataformas, sem retornar mais a Cativak. Formaram comunidades isoladas, com casamentos entre eles e uma nova vida à parte. Isso inclui a produção da maior parte do próprio alimento, o que se complementa por escambo entre as plataformas e por eventual suplementação mandada daqui de cima. Não temos muita certeza sobre como são as coisas por lá. Às vezes as notícias são boas, às vezes não. Não damos crédito mas tem aparecido até informação maldosa sobre conflitos armados entre as plataformas.

Completados pouco mais de oitenta anos, o último levantamento oficial fala em cento e quinze plataformas já em funcionamento e habitadas. É preciso que permaneçam habitadas para que flua a pouca comunicação com a gente aqui de cima. Também não sabemos ao certo quanto faltaria para chegar ao vale lá embaixo porque de qualquer lugar o anel de nuvens impede a visão mesmo que a cada dia se desloque mais para baixo.

Na cerimônia de comemoração da mais nova plataforma, os Augustos Maiores anunciaram que este relato, encomendado a mim como sabem os leitores, seria acondicionado numa bolsa impermeável de couro e entregue ao grupo que estivesse mais avançado na descida. Aqueles que afinal tocarem o solo do vale lá embaixo, os viajantes da última plataforma, deverão buscar ajuda. Na hipótese infausta de que pereçam na tentativa, restaria a esperança de que este escrito sirva como um pedido de socorro àquele do mundo exterior que a Divina Providência dispuser como destinatário ocasional. Nesta mesma bolsa, se encontra também um velho mapa da região com a localização exata da antiga Cruz do Bom Jesus, de onde estaremos enviando nossos permanentes votos de sucesso na empreitada que significará nossa redenção.

Que a pessoa que me lê se comova com nossa situação aflitiva e arregimente suficientes recursos para fazer com que a civilização nos reencontre e nos resgate. Que Deus Nosso Senhor, Fonte Infinita de Graças e Escudo Contra as Vicissitudes, lhe dê a recompensa e tenha piedade de nós.

14
A uva

Era uma vez um bobo que se acostumou a matar rainhas. Tudo começou quando seu pai, também bobo da corte, foi bolinado pela rainha no meio de uma sessão de riso frouxo da nobreza castelã. Ele, então aprendiz de bobo, testemunhou o que lhe pareceu uma falta de respeito profissional. Nem mesmo a um monarca podia ser permitida a falta capital de respeito à profissão de bobo, o que ia além dos direitos próprios da autoridade divina do reinante, ainda mais além da limitação natural do ilimitado poder da cabeça coroada. Isso nem ele nem ninguém tinha o poder de perdoar. Vinte minutos depois, a rainha estava morta, o broche longo de pedras verdes aberto em forma de lâmina e cravado no peito esquerdo. Ninguém além dela vira nada, e não houve como descobrir o culpado apesar das três pessoas executadas por suspeita. O bobo pai morreu dois anos depois. O filho assumiu o lugar, precedido na substituição pela nova rainha, alçada poucos meses após o enterro da antecessora. O bobo seguiu com seu ofício, os nobres seguiram rindo. Um dia, ao bobo lhe pareceu muito insinuante um gesto da nova rainha para ele. Suou frio, esgueirou-se e rezou em silêncio para estar enganado em sua percepção. Três dias depois, o olhar repetiu a insinuação, e ele saiu, seguido pela gargalhada ignorante dos convivas, em carreira trôpega para as estrebarias reais, onde quase se atirou numa tina de água fria. Naquela noite tomou a resolução de não deixar que a suspeita virasse mácula concreta. No outro dia bem cedo, matou a rainha estrangulada. Consternação, caça selvagem ao culpado, dez enforcamentos, novo casamento. No dia da boda, a rainha mais atual mordeu uma uva no banquete e capturou o coração do bobo. O bobo ficou mais engraçado e vigilante. Nunca mais despegou os olhos dos olhos da monarca. Conhecia como ninguém o que lhe ia pela alma, era em pouco tempo capaz de antecipar-lhe os desejos e as contrariedades pela avaliação de direção, movimento e intensidade do olhar. Gostava do poder que lhe dava tanto conhecimento mas uma coisa lhe apertava o peito: nenhum dos olhares era para ele. Neste caso se olhar para ele houvesse não seria um desrespeito porque estaria o sentimento como pretexto. Tudo seria justificado e santificado. Porém o olhar não vinha, que dirá alguma insinuação mais direta. O bobo tomou então a iniciativa. A corte de quem era bobo passou a ser apenas ela. Contava piada para ela. O final de toda cambalhota o levava sempre a levantar-se do chão de cara para a rainha, muitas vezes com o grande perigo de ser por demais perto. O bobo sorria para ela. Desequilibrava-se para ela. Fazia soar os guizos pela atenção dela. Era inteligente para ela. Olhava para ela. Suplicava a ela. Chorava por ela. Frustrava-se com ela. Zangava-se contra ela. Desesperava-se ante ela. Gritou como um lobo à lua cheia para ela, diante de todos, diante do rei. Avançou para ela. Enlaçou a cintura dela e lhe entregou a morte num beijo salivado. A rainha surpreendida fechou a boca, tentou cuspir mas num esgar escorregou para o chão. O bobo buscou de volta os rastros da saliva dele nos lábios dela. O rei demorou quase um minuto para reagir à infâmia com um xingamento e uma enfiada de ordens agoniadas. O bobo subiu ao parapeito da janela, fez uma mesura e pulou de costas, as mãos apertando a barriga enquanto caía para o redemoinho de águas ainda mais escuras na escura noite.

15
Como acabam as loucuras

I

Nenhum dos amigos foi como ele enfático em admitir que a garota fosse mesmo linda. Mas também ninguém deixou de concordar que era bonita sim. Com essa estreia de encantamento provado diante de testemunhas, a garota da capa da revista entrou na vida dele para sempre.

Bem, o começo de tudo tinha acontecido na antessala do dentista. A revista velha trazia o flagrante de uma manifestação de protesto ou de comemoração (as pessoas uma que outra apareciam sorrindo) e, no meio da gente, ela. Aí pelos vinte, jeans, camisa branca de mangas compridas e um lenço vermelho no pescoço. A descrição não é justa com a graça que Felipe viu no rosto corado, boca aberta, punho levantado e gargantilha de pernas intermináveis em volta de um pescoço masculino também jovem. Perturbado, quis depois da consulta pedir permissão para levar a revista contudo não encontrou com quem falar. A secretária estava com o dentista, e paciente não havia senão ele. A revista era velha e sobrariam outras – levou sem remorso. Falaria outro dia com alguém para desencargo de consciência.

Deixemos a menina e a revista apartadas por um tempo de uns três meses, durante os quais Felipe não pensou no assunto. Até a noite em que, numa reunião no café a que ia conversar sobre literatura, política e filosofia, temas assim, ouviu do professor Emílio a observação solta que lhe grudou na cabeça: "E daí que seja loucura? Acaso dá para prever como as loucuras acabam?"

II

Chegou a casa, escaneou a foto e retocou-a. Mudou o cenário de fundo e cortou a imagem na altura da cintura, de modo que não se pudesse identificar a manifestação original. Pronto. Tinha criado uma garota. Faltavam um nome e uma história. O mais fácil seria inventar apenas as particularidades a partir daquilo que já estava ali na realidade da revista. Só que não servia: seria fácil demais, óbvio demais. Não, não iria dizer que sua garota era aquela do Líbano que aparecera na capa da revista. Não apenas inventaria as particularidades. Criaria. Por isso é que imprimiu a foto e escreveu no verso a dedicatória:

Pro Felipe.
Não sei se não deveria pedir perdão a mim mesma.
De todo modo, vou ficar perdida sem você.
Beijos, etc., da sua
Alícia

Sem data estava bem, dava mais liberdade para o enredo ainda não de todo definido. Quando terminou de pensar o que está na frase anterior, repensou e tomou uma resolução que lhe pareceu muito boa: não daria detalhes da história. Gostou disso. Faria mistério e apenas exibiria a foto. E mesmo isso seria feito fingindo má vontade, como se sentisse constrangimento em mostrar as próprias entranhas amorosas. Em sua ficção, teria pudor, não se sentiria bem em compartilhar intimidades. Teatralizaria a tentativa de disfarçar uma grande dor de cotovelo de forma que todos percebessem com pena o coração ferido. Perfeito, pensou. Perfeito.

III

A história cresceu como ele queria: aos poucos, com discrição. Não queria que ninguém pensasse nela como extraordinária, não queria chamar a atenção. Quer dizer, queria chamar a atenção e acreditava que a melhor maneira de o conseguir era agir com discrição.

A primeira reação dos mais íntimos foi de surpresa. Ninguém tinha ouvido falar no caso, como pudera ele esconder tanto assim uma coisa dessas? Enigmático ficava, o interesse aumentava, as perguntas choviam. Não é um assunto de que goste de falar, justificava o desvio na conversa. Apenas uma amiga teve a impressão de conhecer a misteriosa namorada. Impossível, disse ele, e tratou de guardar a foto.

Sempre que acrescentava algo no enredo do caso (falsa indiferença, não perdia oportunidade de aumentar a curiosidade), tinha o cuidado de fazer a respectiva anotação num caderno. Não podia se perder na fantasia, não podia entrar em contradição. Falou de uma amiga dela, por quem havia recebido um recado desesperado com ameaça de suicídio? Chegava a casa, anotava. Falou de uma data importante? Registrava logo no caderno. Era um artifício para memorizar o detalhe inventado. *Mentira tem pernas curtas por falta de cuidados* passou a ser seu lema.

A imaginação foi enriquecendo a história. O único ponto que não variava era o da impossibilidade de apresentar a garota porque ela não vivia mais na cidade.

No dia 15 de setembro, não iria esquecer esse dia, Felipe passou no café, depois do cinema. Ao levantar-se da cadeira de uma vez para ir ao banheiro, esbarrou num rapaz que vinha entrando com uma braçada de livros e outros papéis.

– Que desastrado – envergonhou-se Felipe enquanto ajudava a recolher as coisas espalhadas. Apanhou um dos livros pela lombada, e uma foto caiu de dentro. Não teve como não olhar e viu que era uma foto dela. Aliás, a mesma foto que ele levava para toda parte, sem os detalhes de retoque. Foi zonzo que perguntou: – Desculpe, não tive como não olhar. Não me considere indelicado mas quem é ela?

– Não há problema, não se preocupe. É pena porém tenho de lhe informar que chegou tarde. É minha namorada. – Disse com um sorrisinho, recolheu a foto e, em vez de retomar a caminhada para o fundo do café, deu meia-volta e desapareceu pela porta da rua.

Felipe tentou segui-lo no entanto já havia sumido quando chegou à calçada. Foi embora dali mesmo e só quando estava entrando no quarto se deu conta de que não havia pagado a conta do café. Ligou, falou com a dona e pela segunda vez na noite pediu desculpas. Não se preocupasse, foi também a resposta.

Caiu num quase delírio e foi incapaz de pensar até conseguir dormir, de madrugada, batendo dentes e suando muito.

Acordou às onze. Pulou da cama e tomou um banho frio. Como um outro personagem, viu-se ao lado bebendo o café e preocupou-se com aquilo, com aquilo tudo. Ao poder raciocinar, mesmo que sem concentração, não teve dúvida de que, destino filho da puta, ela teria desembarcado da capa da revista na sua cidade. Estaria circulando por aí. Dois riscos. Primeiro, ele dar de cara com ela. Poderia ter um troço e despencar na frente de todos. Segundo, alguém a quem tinha mostrado a foto e contado a história dar de cara com ela. Neste caso o problema seria maior, imprevisível e, em qualquer hipótese, fatal. Pensou isso tremendo e suando outra vez. O melhor seria acabar o namoro com urgência – devaneou misturando os alhos da fantasia com os bugalhos da realidade. Acorde!, então se disse para aumento do desassossego: em sua história, já não havia namoro que terminar. Portanto o problema não seria ela namorar outro. Seria bastante menos que isso: era suficiente ela estar por aí.

Tinha que fazer alguma coisa. A primeira foi deixar a foto em casa. Não mais seria mostrada a ninguém. Outra providência não sabia que podia ser. Não sabia qual a melhor maneira de desfazer a confusão com os amigos. Na dúvida deixou o tempo correr. Aos poucos foi relaxando. Tinha ficado preocupado à toa, parecia. A cidade é muito grande, veja lá se seria tão azarado para coincidir de estarem no mesmo ambiente ou de um amigo topar com ela e ainda por cima reconhecê-la. Esquecer o assunto, esquecer o assunto.

Mas não pôde. Em especial não pôde deixar de pensar no sujeito do café. Por que estava com uma foto dela? Por que aquela foto? E por que não esperou? Por que saiu daquele jeito? Tinha que descobrir. Passou a bater ponto no café todos os dias. Ganhou uma gastrite nervosa, e o fulano não apareceu.

IV

Hoje foi ao cinema antes do café. Quando as luzes se acenderam ao fim da projeção, a pessoa do lado dele era o namorado dela. Os dois se reconheceram e se sentiram obrigados a abrir o jogo. Saíram dali para uma lanchonete vizinha e sem qualquer introdução passaram ao assunto que os unia:

– De onde você a conhece? – o outro quis saber. – Por que me perguntou daquele jeito?

– Que jeito? Perguntei por perguntar, ora.

– Não, não foi. De onde a conhece?

– Diga você primeiro: por que fugiu daquele jeito?

– Que jeito? Saí normal, ora.

– Não, não foi. Que pretendia esconder?

– Eu, nada. Não se faça de inocente: não estaríamos aqui neste papo de maluco se você não tivesse algo a dizer que ainda não me disse. Seja franco.

– Serei assim que você começar a falar com sinceridade.

– Pois bem, vou falar e nem é preciso que você me diga mais nada. – O outro era quase ameaçador, e Felipe teve de novo a tremedeira. – Você tem, como eu, uma história pessoal com ela, não é?

– Está louco?

– Não, não estou. Só não sei é que tipo de história. E agora estamos em conflito os dois porque se uma história é, a outra não pode ser. Não há saída: um de nós vence, o outro perde.

– De que diabos está falando? Que história? Desta vez eu é que vou para casa – levantou-se Felipe.

– Que mentira – riu o outro. – Você sabe que não conseguiria sair daqui sem me ouvir até o fim. Não prometeu sinceridade? Cumpra: fale a verdade. Sua história é de namoro?

Felipe rendeu-se:

– É. Só me diga uma coisa: como é que você sabe? Algum amigo meu... É isso. Algum amigo meu comentou com você.

– Nada disso. É simples – continuou o outro. – Nós dois não somos os únicos.

– Como?

– Isso mesmo. Não somos os únicos namorados dela na cidade. Quer saber? Não somos nem dos primeiros. Explico antes que você quebre os ossos. Sossegue, homem, sossegue. Há um site secreto na internet para gente como nós.
– Um site secreto? Que tipo de site? Gente como nós? Que tipo de gente somos nós? – Felipe tentava embora fosse muito difícil ser de fato sarcástico com aquela tremedeira. – Quem pensa que sou eu?
– Um tolo ingênuo, pelo que vejo – irritou-se. – E não digo mais uma palavra. Tchau, imbecil.
– Não, não. Por favor, desculpe.
– Não desculpo. No entanto posso fazer um último favor sim. Tome. Este é o endereço do site e esta é a senha. Entre e veja você mesmo, idiota.

V

Respondeu: *As pernas*. Não sabe por que escreveu *as pernas*, talvez apenas por dizer alguma coisa. Na verdade não tem o que dizer. Por que se sentiu atraído por ela? *Porque era o mais próximo possível do improvável*? Não sabia. Talvez essas coisas nunca se saibam. *Porque sim* seria a melhor resposta. Percebeu que as outras perguntas do questionário eram também banais e pensou no tipo de gente que frequentava o site e se envergonhou. Mas não podia ter deixado de entrar para ver, nem consegue sair, agora que entrou, antes de ver tudo que precisa ver para entender o desvario.

Navegou pelas páginas. Na primeira, a foto dela, a mesma. A um clique dali, cópias como a sua, retocadas. A boca podia ganhar batom mais escuro numa, a sombra dos olhos desaparecer na outra; a camisa deixar de ser branca, o lenço sumir.

Havia a página das versões, outro lugar imperdível, onde estavam as histórias contadas pelos namorados dela. Centenas. Para ser preciso, quinhentas e trinta e sete, oito com a que ele estava ali para incluir. Em cada uma das histórias, ela era um ser apaixonante peculiar. A figura morena comprazia todos os desejos, tanto os de amor como os de dor. Ora era a donzela no cavalo branco, ora a megera com o caldeirão borbulhante. Encaixava-se bem em todos os desvãos das necessidades dos pobres coitados dependentes dela. E, no caso dele, qual seria o papel dela? Quem buscava ele nela? Que pobre coitado era ele?

Viu que estava tendo grande dificuldade para responder ao questionário – não a uma pergunta mas ao questionário todo. Nada lhe parecia simples. Que diria quando a encontrasse?, Qual sua maior insegurança em relação a ela?, Como gostaria de ser acordado por ela numa manhã de primavera no campo? Não sabia o que responder a nada disso. Será que apenas ele não vinha com as respostas prontas? Que significado tinha não ter as respostas? Se se trata de uma fantasia, qual a dificuldade para inventar as respostas?

Entendeu que estava relutando em inventar e pensou se não era então o caso de assustar-se. Será que teria deixado de ser um jogo? Ou que nunca tenha sido um jogo? Se há um site com tanta gente envolvida, fotos, respostas, anedotas e fatos, detalhes concretos, onde estará a fantasia: nesta parte frondosa ou no resto desgalhado da vida? E os demais casos, que soube ali que existiam, com seus respectivos adeptos, sites e tudo o mais, de que forma são coerentes com o outro mundo? Que critério de julgamento faria sentido aplicar aos fantasistas e suas criações no confronto com o reverso realista do homem e suas pobres situações? Quem é o realista e quem é o fantasista?

Por isso, porque as perguntas gritam, não consegue desligar o computador. A conexão se cortou mas o formulário não respondido ficou na tela. Por enquanto a comunidade dela continua com quinhentos e trinta e sete filiados e um aspirante em busca de credenciais.

VI

Na segunda-feira cedo, recebeu um telefonema. A voz masculina disse sem preparação:

– Chegou. Nos encontramos agora? Pode ser no shopping aí perto de sua casa?

Concordou. Nunca havia ficado tão nervoso na vida. Derramou pasta de dente na camisa e teve que trocar de roupa outra vez. Perfumou-se atrás das orelhas e foi voando. Quase bate a cara na porta de vidro do shopping. Achou que era melhor passar antes pelo banheiro, lavar o rosto e dar um tempo para não aparecer tão perturbado como se sentia. Molhou a nuca, olhou-se no espelho e resolveu enfrentar.

No banco de madeira perto do café, estava ela. Devia haver outras pessoas contudo ele não as viu. Os olhos escuros dela contornados de rosa já o alcançaram na virada da esquina de lojas. Ele não soube sorrir e avançou tímido. Chegou perto dela, a uma distância de dois passos, e também não soube dizer nada. Ela não fez nenhum gesto. Parecia esperar por ele, a quem cabia a iniciativa das boas-vindas. Ele se deu conta e avançou os dois passos faltantes. Estreitou-a, perdeu-se por dois minutos no perfume dos cabelos meio ruivos, beijou-a nas bochechas, roçou os lábios pelos lábios dela (ainda não sabia se podia beijá-la), abraçou-a de novo. Ela correspondeu e apertou os seios contra o peito dele. Ele sentiu o frenesi dos pelos, apertou-a também e beijou-lhe de leve o pescoço. Afastaram-se um pouco, agarrados pelos braços entrelaçados, olharam-se nos olhos e falaram ao mesmo tempo. Ela demorara muito, tinha estado desesperado. Imaginava porém não tinha sido possível vir antes – era por isso. O certo é que o primo dela, que estava de pé ao lado do banco, interrompeu a conversa com a informação que faltava:

– Creio que você podia começar logo a aprender o árabe.

Ele concordou e a partir daí não entendeu mais nada do que ela dizia.

16
A ponta

Plec. Não sou muito bom de onomatopeias mas creio que essa está boa. Foi o que a ponta fez: *plec*. Não consegui terminar a palavra que concluiria o texto porque justo na subida da voluta para o *a* antepenúltimo, a ponta fez seu *plec*. Era meu propósito não fazer um *a* comum ali naquele lugar determinado. Só isso. Por simples travessura, eu queria desenhar esse *a* a partir do modelo da voluta esquerda de uma coluna jônica. É, eu sei: uma brincadeira inconsequente, sem nenhuma transcendência. Mas eu queria. Me tinha vindo a vontade e não podia haver nada que se pudesse colocar contra um propósito tão bobo, tão inofensivo.

Não por teimosia mas por reação espontânea, apontei o lápis. *Plec*. Reapontei. *Plec*. Seria apenas o *a*, caramba, mais duas letras e o ponto para terminar o maldito texto. Entretanto a ponta fez *plec* umas boas onze vezes até que desconfiei de algo mais naquela insistência inumana de um objeto que não podia ter vontade embora estivesse ali contrariando a minha.

Insisti. *Plec*. *Plec* e outro *plec*. É brincadeira?

Conferi a integridade da grafite intramadeira. Testei sem muita convicção o frágil filamento preto sob a tração do indicador junto ao polegar e não me pareceu mais quebradiço que o usual. Normal, me parecia. Apontei o lápis outra vez e subi de novo o traço para construir meu *a* jônico. *Plec*. Merda. Manejei o estilete em rápidas deslizadas da lâmina sobre a madeira, sem capricho, apenas o suficiente para o cilindro preto reaparecer, e escrevi um *a* em outro lugar do papel, jônico como eu queria. Não houve *plec*, e nasceu um *a* tão bem desenhado quanto me é possível. Voltei ao antigo *a*, o do texto, e *plec*. A voluta não avançou um milésimo de milímetro embora o mundo me parecesse estar coalhado de colunas jônicas, inclusive nos sítios mais inusitados, modelos e mais modelos, exemplos e mais exemplos posando diante de minha mão inoperante.

Olhei em volta para ver se havia testemunha de minha derrota vergonhosa diante de um mísero toco de lápis porém eu estava só. O notebook estava ligado, a luzinha piscava, e o celular também estava à mão. Era só usar um dos dois para escrever tudo em letra tecnológica de fôrma e mandar o instrumento pré-histórico para o merecimento da lixeira.

Nem pensar, pensei. Vou terminar o texto como me havia proposto: à mão e a lápis. Rastros cinza quase pretos no papel amarelado é o que quero ver. E vou. Não será apenas um texto, será o texto que quero escrever, à mão e a lápis. Dois *plecs* mais. Puta que o pariu, não é possível que não tenha a liberdade de fazer o que quero e uma coisa tão simples e inofensiva que em princípio não interessa a filho da puta nenhum neste mundo. *Plec*.

Não sou eu, é ele mesmo. Por que eu quereria contrariar-me? É o lápis. Ou a grafite, ou um conluio entre os dois. Não creio em sobrenatural e por isso vou descobrir e é agora o que se passa. Busco outro lápis, desenho um *a* íntegro numa folha de papel porém ouço o maldito *plec* ao insistir na voluta. Pode ser a força de mente já amedrontada, penso sem razão. Aponto a madeira com estiletadas bruscas apenas para ouvir outro desgraçado *plec* na nova tentativa. *Plec*. Jogo o lápis no chão. Abro a gaveta e encontro a lapiseira. *Plec*. Ao lado, um *a*; na voluta, um *plec*. Seis *plecs* depois, a lapiseira também vai para o chão.

A PONTA

Sem definir bem o propósito, abro o notebook e transcrevo o texto manuscrito, o que antes tinha decidido não fazer. Hesito na hora de apertar o mindinho esquerdo sobre a tecla mas vou em frente, e o *a* da última palavra entra sem nenhum problema. Termino o texto e não tenho coragem ou iniciativa de salvar. Apenas fecho o notebook e vou para a sala. Olho pela janela, ainda não é noite, e a tarde vai bonita como a paisagem banal lhe parece a um coração exultante. Afinal nada havia de estranho acontecendo comigo: o texto estava pronto, com o *a* relutante e tudo. Talvez devesse me envergonhar da vergonha que me tinha feito conferir em volta da escrivaninha para ver se estava só.

No dia seguinte, o rapaz da limpeza não demorou mais que segundos para separar do lixo que levou e deixar sobre a escrivaninha, além dos lápis e da lapiseira, a página cheia da metade para baixo com *aa* redondos, inclinados, espichados ou nervosos. Eram muitos *aa* completinhos e bem registrados em cinza quase preto nas linhas de baixo da página amarela, todos eles perfeitas volutas jônicas com o respectivo rabicho.

O rapaz deixou na mesa também o texto inútil dos *plecs*. Agarrei com as duas mãos a folha deitada e já ia parti-la em duas quando uma coisa chamou minha atenção: havia no fim da página outra quantidade interminável de *aa* jônicos completos, escritos, pelo jeito, por mim mesmo ali no lugar onde achei que não estivessem. Desisti de rasgar a folha. Coloquei o papel outra vez na vertical e descobri que não reconhecia as palavras. Os *aa* eram sem dúvida meus porém as palavras antes deles eram uma homenagem ao despropósito, um rebotalho que jamais receberia meu endosso. Embora tivesse considerado a hipótese, precisei reprimir o impulso de beijar, em agradecimento, as grafites que olhavam para mim da escrivaninha. Rasguei a folha e matei no berçário o texto renegado.

17
Carapanã

I

Ele dirá muito tempo depois:

— Não sonho mais.

Entretanto nunca ouviriam dele algo nem perto disso aquele dia em que X pisou pela primeira vez na lama do lote do tio no garimpo de C*. Quando o pé emergiu do mergulho no barro visguento, reluzia de um dourado que sua esperança quis ouro. Não era, ensinou o irmão da mãe. Bamburrar era para poucos, aprendeu. Podia até ser ele mas difícil que fosse com tão só uma pisada, ainda mais a primeira, no barro que outros haviam cuspido com a draga.

Era ali onde o tio lhe mandou descer que podia ser que encontrasse o que estavam buscando. Não era ouro, agora que ele soube, porque a mãe só tinha dito uma coisa: que fosse até o tio ganhar a vida. Menor ideia tinha de nada dali. Era esmeralda o que se queria naquele buraco engrandecido a cada dia por formigas humanas enlameadas que traziam e levavam coisas, além de escorar e jogar luz cada vez mais dentro da escavação.

Aquele dia um desmoronamento matou um dos rapazes empregados pelo tio para desafiar o mundo subterrâneo. X tinha acabado de descer lá, tanto que foi um dos que tentaram apressar a chegada do corpo até a borda, como se a providência suavizasse o algo indefinível que fazia circular do ar para as narinas o cheiro da suspeita de que não era uma morte de todo morrida. Talvez tivesse havido não a intenção inequívoca mas o descaso com o risco. Quem vai saber?

II

X participou do grupo que foi até onde morava a família do morto porque o defunto na rede apoiada no pau atravessado por dentro dos punhos era um dos raros que vinham de perto, o sonho verde de súbito despertado fácil numa vida que não atava nem desatava. Eram uns oito quilômetros do garimpo, informaram, e o tio devolveu o olhar de X com uma inflexão da cabeça. Era um sim, e X foi.

Começou sendo um dos dois que carregavam a rede-ataúde. Tentavam fazer o morto balançar o mínimo possível embora esse mínimo não tivesse como não ser muito. A trilha não era plana, o caminho não era reto, a vegetação não era amigável, a carga não era leve, o defunto não se aquietava no fundo da rede. Abaixavam, inclinavam, levantavam e iam defendendo o morto do desrespeito de escapar para o chão. No primeiro dia, o mais atarracado do grupo, forte e calado, foi picado por algo que fugiu antes da identificação e isso com só se apoiar na árvore para descansar. Vieram as ínguas, o inchaço, a tontura e o enjoo. Começou a delirar, parecia, e passou a contar o que se entendia como tendo sido a própria vida, pela intimidade visível entre narrador e episódios narrados.

Nascera longe, parido de uma entidade originária das crenças de além-mar, andara fora do mundo este e podia testemunhar que as coisas não são como dizem ou não precisam ser como dizem que querem. Que coisas?, Quem quer?, os outros queriam saber. Ele sorriu em meio a uma cólica violenta e contou da sensação de caminhar pela copa das árvores até chegar ao fim da floresta e depois voltar, só pelo prazer de fazer isso, sem nenhuma precisão, sem nenhum ouvido aos apelos da sensatez.

Uma vez tinha ido, contou, visitar um povo retinto que vivia ainda mais para lá. Não levou nada de provisão, no que repetia o que havia feito tantas vezes, mas daquela tudo foi diferente. Cadê as frutas, cadê a caça e até cadê a água? Não havia ou ele não encontrava. Desfalecia e forçava a vigília com medo de dar uma passada em falso e despencar daquela altura. Pisava nas árvores com decisão e consultava de relance o céu para não se perder. Choveu forte, e no entanto ele, por conta do esforço que já fazia para vencer a insensibilidade prostrante que a inanição provocava, não sentia as pancadas que lhe atingiam o corpo.

Quando o entorno da caminhada aérea virou ambiente amigável, era tarde. Ele não tinha mais energia para soprar a zarabatana ou levantar uma cabaça de água porque isso significaria exercer uma força contrária ao impulso de ir para a frente, o que não mais conseguia fazer. Viu passarem riachos e caças gordinhas, gordinhas de estalar a língua, porém o juízo tinha que estar na prioridade de chegar. Era um sem-fim de copas unidas que precisava vencer dando as passadas que a reserva de alento ou a determinação ainda faziam longas o suficiente para não perder a esperança.

Foram vários dias e noites de língua seca e barriga roncando sob um céu que não se constrangia em mudar quase sempre para pior. Sentia os coriscos ou o sol de torradeira castigarem os seres com vida ali embaixo, enfrentava noites barulhentas e sibilas que não se cansavam de despejar maus presságios escuridão afora enquanto a luz não voltasse a reabastecer a certeza de chegar.

Noites e dias, tardes e madrugadas. Quando não pôde mais, deixou-se, não tentou mais manter o ritmo e a atenção no caminho de copas. Interrompeu os impulsos, afrouxou os músculos, desanuviou a consciência. Apagou. Contou ter refletido ali, naquele momento de queda no desconhecido, sobre o impulso libertário que o havia conduzido para a experiência embora não pudesse se lembrar agora se havia chegado então a alguma conclusão sobre isso. Melhor, ele sabe que chegou a uma conclusão inequívoca mas não estava se lembrando de qual tinha sido. Não importava muito, ele disse, porque só estava contando aquilo em razão de a cena ter vindo à memória por necessidade em si mesma, o que tornava dispensável ele pensar agora na conclusão da história, que o desculpassem.

Não se afobasse, os companheiros tranquilizavam. Compreendiam e não faltaria tempo para ouvir o restante do relato. Que relato?, ele sussurrou, e os outros tiveram a apreensão comum de que pudessem não estar acompanhando com domínio da percepção o que em realidade era o real naquela hora. No entanto o morto, que tinha se recostado na rede, um braço dobrado agarrando os fios com a mão fechada, comentou que a cabeça de quem vai morrendo dia após dia não pode seguir sempre as regras e os modelos dos vivos, ele o sabia. Os outros deram mostra com gestos de assentimento que achavam a ponderação razoável e voltaram a se perguntar o que poderia ser feito para reverter os danos progressivos da picada peçonhenta.

O atarracado forte foi colocado com cuidado num lugar arenoso livre das plantas e seus esconderijos traiçoeiros. Não dava palavra, os olhos cerrados. O morto sugeriu torniquete ou talho para drenar a pequena ferida. Houve quem duvidasse porém fizeram as duas coisas pela segunda vez, tendo sido a primeira ainda lá atrás, no momento da picada. O morto fez-se um pouco ao lado no equilíbrio precário que é possível numa rede, e puseram ali o enorme companheiro inoculado.

A marcha ficou mais sofrida, o peso havia subido bastante. X foi também da primeira dupla a carregar o fardo duplicado. Não adiantava nada o assobio afinado que se ouvia dos lábios do morto. Os carregadores suavam e vergavam. Foi assim que a próxima noite chegou. O inoculado levantou-se e esticou as pernas ao redor da fogueira, antes de aceitar um trago da amargosa que alguém lhe serviu no copo de alumínio. Cuspiu um "arre!" e esfregou as mãos. Voltou à prostração na rede, e desta vez foi o morto quem se lembrou da vida.

III

X levou na memória apenas um episódio da história do morto, o de uma vez quando foi à missa com a família, ainda menino. Era domingo, único dia que o pai tinha livre para ir à cidade. Na estrada, de carona na caminhonete de um vizinho, tiveram de parar por conta de um pneu furado. Enquanto os homens adultos se envolviam com a troca, o então vivo caminhou um pouco na linha lateral da estrada e viu uma lagartixa carregando nos dentes o que parecia um pequeno bezerro.

Da rede em que relembrava o fato, o morto disse repetir agora a exata percepção do menino. Por que não podia ser um bezerro? Quem poderia dizer com segurança absoluta? X se lembra de que o morto disse: "Parece absurdo mas não dá para o adulto ganhar a disputa contra as lembranças do tempo de menino". Além disso, completou, nenhuma realidade valia o deslumbramento do bezerro na boca da lagartixa. O morto interrompeu o suspiro que ia escapando por boca e narinas, agarrou de novo o punho da rede e acomodou-se com cuidado, costas com costas com o inoculado.

Quando se completou o primeiro período de quinze dias da expedição, ainda faltavam uns sete dos oito quilômetros a percorrer até a casa do morto, se é que se podia acreditar no que o ocupante inerte da rede dizia sobre o endereço da própria família. Como nada havia que o desabonasse como homem de caráter, todo mundo deu o cálculo do morto como correto.

IV

Já o inoculado agora podia passar o dia em atividades normais, caçando e enchendo a rede com pequenos animais comestíveis, por exemplo, o que tornava o carreto ainda mais dificultoso. Mesmo assim dois dos homens tiveram de voltar ao garimpo e buscar sulfa para colocar na ferida avermelhada do atarracado, que ninguém queria ver piorar no que restava de caminho incerto no meio do mato. Trouxessem também uma touceira de unha-de-gato com que se faria um chá à noitinha para acalmar a dor do inoculado, sugeriu o morto.

Os rapazes voltaram em menos de meia hora com um pequeno mas suficiente suprimento de sulfa e a moita de unha-de-gato. O pessoal do garimpo tinha mandado dizer que havia sido encontrado um veio promissor, de modo que tudo indicava o encontro em breve com um rico esconderijo das benditas pedrinhas verdes. Todo mundo riu de contente e lamentou apenas que o morto não estivesse vivo para compartilhar da sorte do grupo. Era a vida, disse ele da rede, e outra vez o sorriso voltou a carimbar ao mesmo tempo os lábios de todos e de cada um no acampamento, que precisava ser desmontado para retomar a marcha.

Aquela noite o inoculado dormiu melhor por conta do chá. Já o morto chorou pelo fracasso de voltar para casa de mãos quase vazias, por não poder levar à família a notícia de que também estaria na lista dos que receberiam parte do butim retirado a enxadadas da natureza.

V

Antes de o sol abrir o dia seguinte, ruídos de folhas e galhos pisados acordaram o grupo, que se viu cercado por mãos que empunhavam rifles. Não eram conhecidos nem demonstraram qualquer inclinação ao entendimento e à boa convivência. Roubaram as provisões, os facões, duas espingardas e quase a rede. O morto a salvou. Fizeram o em nome do pai e desapareceram.

Ainda faltavam uns seis quilômetros, de novo o morto calculava, e seria quase impossível chegar à casa da família sem as provisões perdidas para os bandidos. Por isso a deliberação foi rápida. Ganhou a opção de ir atrás dos assaltantes e recuperar o saqueado. Sabiam ser arriscado entretanto eram muitos e tinham a vantagem do conhecimento da mata. Saíram quinze no rastro do bando.

Os outros montaram uma estrutura mais cuidada em razão da incerteza quanto ao tempo de permanência naquela clareira. Resolveram dar ao morto uma instalação condizente. Armaram uma capela com cobertura de palha e montaram uma câmara mortuária com o que tinham. Numa armação sobre quatro forquilhas, construíram uma bacia de folhas de bananeira em formato retangular. Em cima da bacia, um estrado também coberto de folhas de bananeira servia de cama para o morto. Na bacia, a água fresca era renovada várias vezes ao dia, de modo que o corpo do morto ficasse sempre a salvo da decomposição pelo calor. Os homens rezavam ao amanhecer e ao entardecer em volta do corpo, e nessas ocasiões o morto buscava ficar imóvel e tinha o cuidado de não emitir qualquer ruído. Após as rezas, ficava livre para levantar-se, conversar e até banhar-se no córrego. O inoculado ficou então sozinho na rede.

Os entreveros armados dos garimpeiros com o bando de assaltantes ficaram registrados na memória popular como a Guerra do Escorrega-Morto. Nesse imaginário não se pode negar nem confirmar nada, porque não sobrou um só combatente de nenhum dos lados, mas as peripécias teriam sido épicas. Existem versões sangrentas de batalhas com os combatentes de pé sobre troncos flutuantes no rio, fiascos de invasões sorrateiras por conta do bando de macacos que resolveram fazer algazarra justo na hora do cerco silencioso, heroísmo de um homem só que teria acabado na faca com 42 inimigos armados de espingarda, mulheres guerreiras que cercaram os dois lados em luta e levaram todos como prisioneiros, interferência de santos e entidades do mundo obscuro, festas durante armistício temporário com a participação dos inimigos em congraçamento, de tudo e mais um pouco. Uma única coisa os causos nunca contaram: a presença do governo para colocar ordem naquele rincão do cada-um-por-si-que-é-tempo-de-murici. Matou-se quem descuidou de morrer por si mesmo.

VI

Depois de alguns meses, os acampados, sob a liderança de X, decidiram por mandar nova missão ao garimpo para dar notícia das perdas e do prosseguimento na jornada até o destino do cadáver. Como estavam perto da casa da família, ficou acertado que os dois homens nem precisavam mais voltar do garimpo. Os remanescentes eram agora doze, contados o morto e o inoculado, que mantinha a despensa abastecida na medida da necessidade com animais e frutas até porque a ferida sarara, restando apenas as ínguas e o inchaço.

X tinha envelhecido naqueles quilômetros mais que o pai até o dia da morte em cima de uma bicicleta. Quanto mais ganhava rugas, mais acreditava na opção pelo garimpo. No garimpo pelo menos existe a possibilidade de as pedras aparecerem uma hora. Mas aqui, nesta vida real, o melhor que nos pode passar é ficar no prejuízo de um espinho de tucum varando a bota. Se não era para ser, é o que é. Qual o sentido, quais as possibilidades? Pronto, estava decidido. Viveria por ele e para ele. Sozinho no mundo, e os outros que se fodessem. Não queria saber de andar pela copa das árvores, não queria ver bezerro em boca de lagartixa. Não dava um coco roído por essas coisas. O morto estava morto, e o inoculado, cheio de ínguas. Queria agora era bamburrar. Por isso tinha que voltar para perto do tio. Tinha. No momento em que avistaram a casinha sobre um outeiro discreto, naquele momento sentia-se agradecido por a missão de trazer o morto para casa ter ajudado a definir o projeto da vida que buscaria ter. Não queria viver a vida batendo a cara contra a certeza dos muros. Confiaria o futuro ao projeto do talvez.

O morto aproveitou aquela última ocasião a sós com os companheiros e anunciou que precisava morrer de vez antes de cruzar a soleira do lar, como todos sabiam. Era verdade, e mesmo assim os homens choraram com discrição. Quando a procissão foi percebida pela gente da casa, pescoços tortos começaram a aparecer na janela, na porta, no quintal. A mãe foi a primeira a aproximar-se da rede. Acariciou os cabelos do filho, levantou o olhar para o céu ensolarado e cantou uma coisa triste. Os movimentos cessaram pelo tempo do canto. Quando o pai chegou, o morto já estava sendo instalado na cama arrastada para o centro da sala. O pai vinha suado e não falou com ninguém. Aproximou-se da cama, acariciou a cabeça do filho, foi até a janela e levantou o olhar para o céu. "E nem vai chover!", disse. A filha trouxe um copo d'água, que ele virou devagar sobre as poucas flores que estavam nas mãos cruzadas do defunto. "E nem vai chover!", assentiu a filha recolhendo o copo e beijando por dentro a mão do pai. Um dos garimpeiros chegou até o pai e entregou-lhe um embrulhinho de pano. De dentro, além de pertences do morto, saíram umas que tantas lascas verdes, uma menor que a outra. O pai fez um movimento de cabeça para o garimpeiro e chamou o outro filho, a quem entregou o tesouro: "Pague um caixão, o melhor que isso puder comprar".

Abaixada a cortina da cena, X considerou que terminava seu aprendizado sobre a vida. Não evitou a indelicadeza de sorrir tanto contentamento em pleno velório e nem se deu conta da inutilidade do tapa com que pretendia matar o carapanã que lhe sugava o sangue do braço.

18
O tiro

I

A cidade pequena, incendiada pela novidade, está toda nas ruas. Ninguém ou quase escolheu ficar em casa e receber de segunda mão os detalhes do acontecimento desconcertante porque os moradores estão seguros de que a posição que lhes cabe nele é a de *protagonistas*. Ou quase. Está bem que o centro de tudo seja ele mas os vizinhos não podem ser descartados ou diminuídos. Todos o viram crescer, errar e acertar na vida vivida até a manhã de hoje, o que é uma forma legítima de ocupar um lugar importante na história. Afinal são a gente que ele tem tido, são nada menos que seus, que agradável sensação lhes enchia a boca ao dizer, súditos por direito. Ora, como não há soberano sem súditos, é natural que lhes toque parte da glória que colheu a cidade já aí na despedida da madrugada deste dia memorável.

A princípio não se entendeu bem quando o rastilho do boato lavou como um tiro as calçadas, entrou pelas janelas, encheu os ouvidos benevolentes, despertou os adormecidos, sacudiu os letárgicos e inflou de vida momentânea o ar quase sem sal de Mosquete. A fantasia que as versões iniciais propagaram chegou a perder terreno na primeira meia hora de vida da história, quase desapareceu debaixo do peso da sanidade e do equilíbrio que os sensatos reclamaram em seguida, para ao final empalidecer de vez. Não porque fosse exagerada. Ao contrário. Era, soube-se depois de conhecer a verdade verdadeira, tímida demais diante da realidade mágica que se encenava ali na frente da população inteira atraída para a janela principal da casa dele.

Todos queriam vê-lo, queriam ouvir dele alguma coisa. Queriam também fazê-lo saber que eram seu povo agora, não se esquecesse. E estavam ali para evitar a desgraça: tinham medo de que os estrangeiros terminassem por vetar o futuro que, se ainda não tinha vindo, já mandava recado de muito claro encantamento. Não permitiriam a usurpação.

São tantas as cabeças sobre pescoços esticados que giram buscando ângulo favorável para olhar que não é mais possível saber se a janela continua aberta. Quem olha daqui também não consegue saber se há alguém na janela falando ao povo e, o que é mais importante, se esse alguém é ele. Quer dizer, não se consegue saber por verificação direta porém as informações circulam com a mesma velocidade de tiro da grande notícia inaugural.

Sabemos, por exemplo, que os emissários vieram num carro voador resplandecente, tão resplandecente que nele não se podia fixar a vista sob risco de cegueira. Que os emissários trouxeram para ele vestes de um tecido de cor rara bordado com fios de ouro e figuras preciosas. Que a sala da casa está agora coberta de tapetes da mais elegante tapeçaria oriental, almofadas de veludo e pétalas de flores variadas. Que o perfume mais exclusivo é borrifado a cada tanto no ambiente e amolece o ânimo de quem se encontre no raio de seu efeito. Que músicos ou equipamentos artificiais sofisticados e nunca vistos produzem uma melodia sedutora, que outra coisa não faz que também amortecer a vontade dos ouvintes. Que ele mal fala porque seus desejos são adivinhados pelo emissário e demais serviçais desembarcados do carro voador. Que o tempo todo lhe são apresentadas bandejas com comidas e bebidas as mais finas, hidromel e ambrosia, das quais ele quase nem prova, por enfado ou pelo natural desinteresse de quem tudo conhece e tudo tem. Que cortesãs sábias como indianas de sonho ou gueixas de todas as raças se revezam ou se juntam para não o deixar desatendido de carícias cheias de suavidade e provocação. Isso sabemos sem necessidade de estar ali ao pé da janela. (Aliás, estou aqui muito longe de lá.)

Sabemos porque, ainda que não fosse a verdade que uma testemunha bem posicionada pudesse verificar, teria que ser dessa forma. Não há precisão de contato com a realidade para conhecer a verdade. Sem precisar conferir, sabemos descrever aquilo que é assim porque assim tem de ser. Quem não sabe que essas coisas são desse jeito? Quem não conseguiria descrever de olhos fechados o quadro? É com essa certeza que vamos passando adiante o retrato do que não estamos vendo mas que sabemos ser assim mesmo como passamos adiante. É com igual certeza que vamos corrigindo alguns detalhes de cada versão que nos chega: se a descrição vem morna, acrescentamos-lhe maravilhas; se a cena vem muito ordinária, emprestamos-lhe brilho. Dessa forma vamos cumprindo nosso papel de elo na disseminação de informações verídicas sobre o que se passa, e é por isso que lhes conto o que ora lhes conto.

Estamos todos trêmulos, emocionados demais para atuar como as pessoas normais que nós em definitivo não somos nem nunca voltaremos a ser. Por essa razão, choramos por qualquer coisa, mais ainda sem nenhuma razão. Descuidamos das coisas comezinhas: ainda não nos alimentamos hoje, vários de nós estão com as roupas de dormir, as crianças não recebem cuidados, não nos cumprimentamos, não levamos em conta os sentimentos anteriores de simpatia, desprezo ou amor em relação aos vizinhos. Igualamo-nos na sensação de pertinência a uma sociedade de eleitos: estamos acima das mesquinharias. Levitamos com os pés no chão poeirento da rua. Vemos o que está a nosso redor com a mesma dose de objetividade que é possível a um observador separado do cenário por uma cortina de bruma. No entanto essa bruma é também um cristal de aumento e de limpeza da atmosfera: o que parece nos impedir de ver são em realidade os óculos de ver melhor.

11

Hoje cedo eu estava saindo para o quintal com a escova de dente na mão quando soube da notícia. O rapaz da farmácia do lado de casa foi quem me informou. Não sabia se devia crer e reagi pelo menos questionando a certeza que ele tinha de que o que me transmitia era o que tinha ouvido. Sim, era aquilo mesmo, me confirmou. Ouvira da moça da limpeza do colégio, que ouvira do guarda, que ouvira do padeiro, parece. Mas dessa forma? Sim, daquela forma, o rapaz balançou a cabeça. E por quê?, eu quis saber. Isso ele não sabia, me disse. Também gostaria de entender apesar de ponderar se era uma questão pertinente numa hora daquela. Que hora?, Que estava ocorrendo? – emendei as perguntas. Veja, disse abrindo a porta da frente de minha própria casa, e olhei para onde o rapaz me indicava.

O burburinho inusitado me arrastou. De princípio vi que avançávamos juntos porém depois me perdi do rapaz. Éramos muitos os que avançávamos pela rua indo para lá levados, atraídos. Tanto me afastei do estado de consciência enquanto seguia como autômato que você pode olhar o que tenho aqui nas mãos. Sim, a escova. Entrei na corrente, não me lembrei mais dela e agora a meto meio apressado no bolso da calça. Não é que eu seja distraído. Veja quantos mais mostram também que foram surpreendidos no meio de suas rotinas. Não é justo que nos julguem com outro critério que não seja o da surpresa, o do inédito que se abateu sobre nós.

Estou aqui desde então. No início ainda avançava, ganhava alguma posição mais favorável no meio do povo aproveitando um movimento qualquer de acomodação ou o cochilo de alguém. Logo após nos imobilizamos todos. Não havia, como segue não havendo, como sair do lugar onde estamos. Somos uma massa compacta, e isso não é força de expressão. E assim estamos e assim nos dedicamos a tentar ver, a ouvir e a burilar as versões que nos chegam, para passá-las adiante sem erros e omissões. Quer dizer, passá-las aos que estão atrás de nós.

Sim, eu sei tudo, tudo. Posso muito bem matar a curiosidade de quem, como você, chega agora. Escute-me por uns dois minutos e já vai saber. Você também vai saber. Primeiro: sim, é isso mesmo que você entendeu. Repito: tudo se passou e está se passando desse jeito mesmo. Tal e qual. As pessoas estão lá, e não há quem não saiba o que é que elas vieram fazer em Mosquete. Que mais, amigo, quer que eu diga? Que mais quer de mim? Que eu fosse com ele confirmar tudo, pediu. Como íamos conseguir?, perguntei ainda sem olhar para o interlocutor às minhas costas. Ele abriria caminho. Como? Deixasse com ele.

Foi falar e sacar do bolso um canivete, que empunhou. Dando metódicas estocadas, limpando de quando em vez o sangue na roupa mais próxima, ele vai – ele em pessoa – ganhando terreno. Como Moisés nos Dez Mandamentos, ele me guia pelo leito do Mar Vermelho. Eu, no vácuo do avanço dele, vejo aproximar-se o ponto focal da atenção da cidade: a janela e a casa. Para os lados, sigo com o canto dos olhos, vão cambaleando os atingidos. Não sei dizer se gritam. Nada mais importa agora que chegar lá e ver sem intermediário o que há para ver.

O canivete trabalha às vezes para os lados, na maioria das vezes para adiante. Ele nem dá sinal de notar o espanto nos olhos dos atingidos. Também não diminui a marcha, que tem ritmo constante, embora faça alguns desvios ocasionais da trajetória reta em direção da janela.

Um pouco curvado para a frente, avança sem cansaço nem hesitação aparentes. Avançamos. Avançamos.

Vejo roupa, não vejo camisas nem calças; vejo rostos, não vejo olhos nem bocas. *Pou, pou, pou*, fazem as cachoeiras dos líquidos internos enquanto vou deslizando atrás dele. Adrenalina e endorfina, tudo lateja: a cabeça, as veias, o tórax.

Não sou tão alto. Por isso não posso dizer com certeza embora me pareça que não estamos longe da janela. A proximidade porém não muda nada no leque de gente afrouxada que vai abrindo para os lados à nossa passagem forçada. E ele estoca e estoca. Desde que iniciamos a marcha para a janela, nunca mais voltou os olhos para onde estou, logo atrás dele.

Escutamos de repente um som cadenciado de bateria de escola de samba, que se aproxima cada vez mais. *Ratatantã-tã-tarará, ratatantã-tã-tarará*. A partir daí, ele não precisa mais trabalhar com o canivete: as pessoas a nosso redor vão caindo como dominós, e a vista se abre panorâmica. A casa está a uns trinta passos. Ele se esticou, fez um sinal para que eu o seguisse (como se fosse necessário) e não modificou a velocidade para a janela, que, vejo agora, está fechada.

Chegamos. Ele bate duas vezes na janela mas não se detém. Vai para a porta, em que bate outras duas vezes, guarda o canivete fechado no bolso da camisa e gira o trinco. Entra. Eu também entro depois dele. Pelo som que chega, percebe-se que a bateria se concentrou ali na frente da casa. Pela porta, que continua aberta, vejo que os instrumentos são tocados não por carnavalesco e sim por alguma espécie de militar cujo uniforme desconheço. *Ratatantã-tã-tararã, ratatantã-tã-tararã.* Quase bato os pés ecoando o ritmo homogêneo das caixas e então me lembro onde estou.

Ele sumiu pelo quarto, vou atrás. Entro. Me acena uma vez mais, e eu me aproximo. Está mudando a roupa. Vestem nele terno cinza, gravata colorida, sapatos lustrados. Ele sorri embora não denote satisfação. Não o vejo falar com ninguém. Aliás, não ouço ninguém falar dentro da casa. Nem fora, essa é a verdade. Sem contar o som da bateria, não distingo outro. As pessoas que desembarcaram hoje em Mosquete, o emissário e os outros, creio serem as que estão na sala e que vi de relance. Sequer contei, e não parecem muitas, quatro ou cinco talvez.

III

Eu estava acabando de escovar os dentes no banheiro ao lado do quarto quando a empregada entrou espavorida. "Senhora", disse, "a nave, aqueles homens, depressa, vieram para levá-lo."

Mesmo sem entender, fui para a porta, vi a multidão ainda se formando. Era cedo. "Que faz essa gente ali? Que tem isso tudo a ver com ele?", perguntei porque identifiquei a casa, sem esperar resposta, meio correndo para lá. Corri quanto pude.

Entrei empurrando as pessoas e não me detive até chegar à cozinha. Eram mais ou menos dez pessoas na sala: o emissário e os outros estavam mas ele não. Àquela hora não era comum encontrá-lo em casa. "Ele vai?", animei-me a perguntar a um senhor com quem cruzei no corredor. Não me respondeu mesmo que fizesse cara simpática.

    Andei pela casa sem nenhum propósito, apenas para colocar um pouco as ideias em ordem. "E se ele for?", me questionava. "Por que esses estrangeiros têm tanto interesse em levá-lo daqui?", martelava eu a pergunta, a mais estúpida a ser feita, reconheço. Alguma dúvida? Seria possível que alguém não pudesse perceber a clareza da razão para a vinda do emissário e seu grupo? Cruzei outra vez a cozinha para chegar ao quintal. De passagem agarrei com força a faca de pão. Estive no quintal por uns minutos, olhei as poucas árvores e o céu. Poucas nuvens, o que vinha bem para o peso do momento.

    Na sala esfaqueei o do sorriso simpático. Saltaram de onde estavam e me sujeitaram pelo braço, as armas de fogo apontadas para minha cabeça. Não me intimidei e girei a faca no ar buscando atingir outro corpo. Foram mais ágeis no recuo. Eu escapei do cerco e me refugiei na cozinha. Tomei um copo d'água e me sentei na pia para esperar. Foi aí que escutei a porta da frente se abrir, e ele entrou.

    Estava acompanhado de outra pessoa, um homem, e vinha sereno. Cumprimentou com apenas um aceno e foi levado para o quarto. Está sendo vestido com uma roupa mais formal.

    Olho o emissário, que me fita com interesse porém sem qualquer sinal de hostilidade. A princípio não lhe faço caso; depois praguejo em silêncio e lhe faço um gesto brusco, nada amistoso, com a mão direita. Os que chegaram de fora começam a nos retirar, a nós os de Mosquete, quando reajo. Aliás, reagimos todos, menos o que tinha acabado de chegar com ele, que parece mais preocupado em não sair de perto, em não perder um movimento sequer dele.

Trocamos uns sopapos, há um momento de gritaria, muitas armas, talvez tiros. Facadas, com certeza. Fora, a fanfarra parou. Conseguimos que os visitantes recuassem até a sala, não sem muito esforço. Ele continua ignorando a contenda. Não é com ele. Decidimos colocar uma sentinela do lado de fora do quarto. Fechamos a porta. Ouvimos em seguida o baque do corpo escorregando para o piso. Abrimos a porta, e a sentinela estava morta, um ponto de sangue no peito. Puxamos o corpo para o quarto, o cobrimos com um lençol e reagrupamos a resistência. Não o levarão de nós! Não o levarão! Pela janela mandamos um mensageiro ao povo na rua. Precisávamos de reforço. Volta com vinte homens fortes e armados. Dispensamos dez para não encher em demasia o quarto. Que ficassem do lado de fora da janela. Estão tentando forçar a porta. Grito para que nos posicionemos.

IV

Eu tinha acabado de escovar os dentes e estava me preparando para tomar café quando escutei movimentos estranhos na casa vizinha, a dele. Levantei-me depressa e fui até a porta. Uns homens estavam descendo de um veículo estranho e entrando na casa. As outras pessoas da cidade que já estavam ali me informaram tratar-se dos que vinham para levá-lo de nós. Ninguém estava disposto a permitir que isso ocorresse. Não sem briga.

Sou testemunha da formação da multidão. Estou aqui desde o início. Vi quando pouca gente tentava acompanhar as coisas pela janela aberta. Aí foram chegando mais e mais pessoas. Muito barulhentas de início, de repente tudo se aquietou. A partir de então, os sons foram se tornando raros, a grande massa de gente apenas observando tudo com a maior das atenções. Depois veio ele do meio da multidão, abrindo caminho, e entrou.

Pouco tempo mais, ouvimos barulho de confusão dentro da casa e ficamos apreensivos.

Apareceu um rapaz correndo pelo lado esquerdo do quintal e pediu aos gritos que se apresentassem voluntários para a defesa dos interesses de Mosquete. Nesse momento me dei conta de que ao meu lado estava ela, os enormes olhos negros fixos em mim. Estremeci e tive mais estímulo para dizer sim à convocação. Apareceu para mim uma arma não sei de onde, juntei-me aos outros e fomos correndo pelo corredor entre a casa e o muro.

Alguns de nós entramos pela janela, meu sangue fervendo de vontade de fazer esses gringos entenderem que melhor seria pegarem o mais rápido possível o caminho de volta. Tomei posição de combate e já ia jantar o primeiro a minha frente quando me informaram que o inimigo eram os que estavam do outro lado da porta fechada do quarto, no corredor. Me encaminhei para lá mas fui contido. Queriam antes discutir, definir a ação. Coisas como que armas cada um portaria, quantos sairiam, quantos ficariam em torno dele (sim, vi que ele estava ali, tranquilo como se não se passasse nada), etc., etc. Eu, por mim, não perderia tempo e rasgaria o bofe dos gringos sem muita embromação.

V

Eu estava pondo a pasta na escova quando ouvi a barulheira.

Que diabos, ninguém tem mais paz nesta droga de cidade. Por isso não me abalei. Peguei a caneca na mesinha do lado da cama, passei para a cadeira e fui ao banheiro. De lado, para alcançar com mais facilidade a torneira, enchi a caneca e molhei a escova. Enxaguei a boca, sequei os lábios, fiz o que tinha que fazer e saí para a calçada. Quase fui atropelado por uns malucos que vinham derrubando tudo no caminho subindo a rua. Xinguei as respectivas mães e decidi voltar para dentro do asilo.

Com dificuldade e um empurrão do enfermeiro, consegui que a cadeira me levasse até o quintal, ao lugar que chamo de Muro das Resmungações. Um magote de velhinhos como eu passa o tempo a ruminar azedume e lançar maldições a granel. Filhos, mulheres, maridos, ex-vizinhos, irmãos, sacerdotes, atrizes da TV, autoridades, ninguém escapa dos impropérios. Eu também me junto.

A diferença é que não reclamo por velho, reclamo por injustiçado. Minha família tem posses, mora bem, toma sorvete domingo à tarde, viaja nas férias, anda de carro novo. Custava pagar uma enfermeira para me deixarem bem atendido num quartinho dos fundos? Cheguei a prometer mudar, a ser mais paciente, menos "brigão", que é de que me acusam, mas não consegui demovê-los do projeto inumano de meterem-me aqui. Claro que sofro, que tenho saudades, que amanheço muitas vezes com vontade de receber um abraço. Nesses dias procuro conforto na artimanha de buscar pretexto para roçar que seja o corpo de alguém, ainda que um desses mortos e vivos perebentos. Em geral o calor de relance já é suficiente para ir aguentando a solidão.

Bem, as enfermeiras estão comentando umas coisas raras que estariam ocorrendo lá fora. Que teria sido esse barulho? Um tiro? Os funcionários do asilo e alguns velhos mais despenteados saíram correndo para o lado da confusão, que parece ter aumentado. Falam de mortes, de gente invadindo a casa para defender sei lá que coisa. Que me importa? Quero é que o mundo se exploda. Nenhum reino vale o unguento para reumatismo que vou passar agora. Fodam-se.

VI

Eu estava em casa escovando os dentes após o jantar quando fui chamado ao celular. Mal enxaguei a boca, atendi porque vi de onde vinha a ligação. Me diziam que viriam apanhar-me em casa para ir a Mosquete (sabíamos de que se tratava) para buscá-lo. Dessa forma, sem detalhes, secos. Ah, sim, iam se esquecendo de comunicar quem seria o emissário a chefiar o grupo. Nem cheguei a dizer OK, e cortaram a ligação.

Corri a vestir-me. Escolhi o paletó com mais bolsos internos, que enchi de armas pequenas e munição. Também lanterna, corda, spray paralisante e outros brinquedinhos pouco úteis mas tranquilizadores. Por último abri o armário do sótão e escolhi a arma pesada que levaria. Chequei as condições gerais dos petrechos, arrumei a mochila e fui para a entrada da casa justo a tempo de ver a descida do helicóptero. Não esperei convite: entrei, afivelei o cinto e balancei de leve a cabeça para quem já estava no veículo.

Chegamos à base, ouvimos uma preleção, um discurso rápido do Chefe pelo telão, e fomos embarcados num helicóptero maior. Daí para um avião, do avião para outro helicóptero, já na terra dele na manhã de hoje, e enfim aqui estamos. Pegamos a gente da cidadezinha de surpresa.

Ainda que estivéssemos preparados para invadir a casa, não foi preciso. As portas estavam abertas. Perguntamos por ele, quer dizer, o emissário perguntou, não estava, ia demorar um pouco, nos instalamos. Não nos ofereceram nada, é claro. Aos poucos uma multidão foi se formando na rua em frente. Abrimos a janela para acompanhar a movimentação, sabe como é, por prevenção. Não iriam perdoar qualquer falha nossa.

De repente as coisas foram esquentando embora não tenha havido uma altercação sequer. Ninguém discutiu mas as caras do lado de fora foram ficando cada vez mais de poucos amigos. Resolvemos fechar a janela depois que uma banana de dinamite foi jogada na sala e explodiu, por sorte atrás de uma coluna, matando apenas um de nosso grupo. Fui ao quintal checar a segurança e na volta uma mulher enraivecida me feriu de surpresa. Após ela ser dominada e desvencilhar-se para se refugiar na cozinha, me dão agora a medicação, e o médico sutura, faz alguma coisa no ferimento.

Não me sinto bem, vou perdendo a consciência. Vejo como em sonho que ele chegou. Daí a pouco há uma confusão dentro da sala, ouço algo como uma banda (talvez seja alucinação) e mais confusão, barulho de coisas se quebrando, gritos e tiros. Alguém me joga no chão, sinto uma dor dos diabos, há muita luz, parece que as portas e janelas se abriram ao mesmo tempo. Perco a consciência de vez, não antes de ouvir o emissário dizer que era hora de pôr a porta do quarto abaixo.

VII

Minha mãe tinha acabado de me dizer pela décima vez que fosse escovar os dentes porque estava chegando a hora de ir para a escola. Ia desligar a TV quando ouvi uns gritos aí. Sem largar o controle, saí de casa.

Dois companheiros, e, mais importante, uma companheira, *a* companheira, me chamaram para ir a não sei onde porém qualquer coisa relacionada com a confusão que agitava a cidade. Fui, claro. Antes gritei para minha mãe que estava indo para a escola. Creio que ela ainda perguntou pelos dentes no entanto nem me dei ao trabalho de responder com mais uma desculpa.

A companheira chegou para o meu lado, nos demos as mãos, nos beijamos, eu me excitei e procurei jogar a inconveniência para longe da cabeça de modo a não me sentir constrangido. Não consegui de todo, como qualquer um podia ver se tivesse curiosidade. Ela sempre tinha e não sossegava enquanto não comprovasse envaidecida o efeito mágico de sua simples presença a meu lado. Nessas ocasiões eu sorria amarelo, dava-lhe outro beijo, este mais molhado, e apertava de leve sua mão.

Viemos para a frente da casa para ver no que ia dar toda essa galera reunida. Algo sinistro perigava acontecer. Não deu outra.

No meio de uma agitação que não entendi bem, alguém me passou um bagulho com um pavio aceso, e a instrução era jogar pela janela aberta. Nem pensei e joguei. Era dinamite e explodiu bonito.

Não sei o que provocou. Não deve ter sido pouca coisa mas creio que quem está lá dentro fez por merecer. Me considero limpo de culpa e não me preocupo. Um tempão depois, ele apareceu vindo do meio do povo, as pessoas caindo à passagem dele. Ninguém prestava atenção nos caídos.

Aí tive uma ideia, puxei a companheira pela mão e contei o que planejava. Ele chegou perto de nós, e aproveitamos para fingir que também caíamos por causa dele. Encontramos deitados a posição conveniente, afastei com discrição nossas roupas e me alojei dentro dela. Creio que ninguém se deu conta até porque ninguém prestava atenção em ninguém. Fizemos movimentos curtos, nos apertamos e nos beijamos com recato fingido até esvaziar a vontade assanhada. Levantamo-nos em tempo de vê-lo entrar na casa.

O rebuliço aumentou. Aqui do lado de fora, a banda que ensaiava na praça estacionou e, acompanhando a desorientação geral, parou de tocar. Gente correu do quintal da casa para a multidão, da multidão para o quintal da casa. Tiros, sons de coisas se quebrando, gritos. Escutamos um barulho de avião e vimos uns três ou quatro avançando, vindos de longe.

VIII

Eu coloquei pasta e em seguida lavei a escova antes de usá-la, distraído que andava pelo que estava por vir no outro dia.

Acostumada a minha habitual frieza diante dos sufocos típicos da profissão, minha mulher comentou haver notado algo de especial comigo. Não dei o braço a torcer mas tinha razão. Após a descoberta da existência dele em Mosquete, lugarzinho de nada perdido no meio daquela pouca coisa, o clima no trabalho se alterou, como creio que haverá ocorrido por toda parte aonde a informação chegou.

Ninguém pensa em nada mais, ninguém deseja nada mais que contar com a presença dele. Qualquer um que sabe dele deseja o mesmo. Como pôde sua existência ter passado despercebida por tanto tempo é o que nos perguntamos. Não importa, diz o Chefe. O urgente agora é não dormir e defender nossos interesses acima de tudo. A primeira coisa a fazer é buscá-lo para cá. Não podemos admitir que ele não venha em definitivo para cá. Em que outro lugar podia ele ficar?

Por isso receber a ordem não surpreendeu em nada. Fôssemos já, no dia seguinte muito cedo, antes que outros pensassem em movimentar-se com igual objetivo. Devemos ser os primeiros. Tem que ser dessa maneira e vai ser dessa maneira. Dormi pouco. Na madrugada fui de carro para a base, de onde tomei o helicóptero com os outros até o aeroporto onde estava o avião que nos levaria.

Durante a preleção que fiz para os participantes da missão, carreguei nas tintas sobre a responsabilidade histórica que nos chegava como privilégio único. O discurso do Chefe foi inspirador. Apelou para os sentimentos mais caros, homologou todo o poder de decisão em minhas mãos e me instou a liderar a missão com o requerido sentimento de grandeza.

Chegamos cedo a Mosquete. Demos uma volta com o helicóptero por sobre a cidadezinha com o objetivo de, para ser franco, amedrontar, tirar da cabeça de algum infeliz a ideia de tentar impedir o cumprimento de nossa meta. Fizemos o motor roncar o que podia e as luzes piscarem de forma a ofuscar quem tentasse fixar a vista no veículo prateado. Pousamos em grande estilo. As hélices levantaram uma nuvem de pó deslumbrante de vermelha. No momento em que ela abaixou, descemos.

Entramos casa adentro, sem encontrar resistência, sequer o menor questionamento sobre nossa presença. Presença anunciada, a bem da verdade: todos deviam saber que estávamos vindo. Mesmo assim, poucos minutos após a chegada, saímos à janela para explicar o propósito da nossa vinda. Nem foi preciso terminar a comunicação. Como um tiro, a notícia circulou pela cidade e trouxe a população inteira para a frente da casa. Aí notamos com clareza a má vontade de uns e a aberta hostilidade da maioria. Não era sem dor que íamos cumprir a missão.

Quando ele chegou da rua, alguns lugareiros o esperavam. E foi de dentro da casa que a resistência começou. Uma facada e a explosão de uma dinamite inauguraram a batalha. Dois de nós morreram no início de tudo, ainda pela manhã.

Numa manobra surpreendente, eles conseguiram isolá-lo no quarto e nos manter fora. Matamos o guarda da porta do quarto mas uns sujeitos fortes e bem armados reforçaram a posição deles entrando pela janela. Tive uma breve indecisão porque temia que em desespero eles o matassem antes de permitir que o resgatássemos. Só que logo me dei conta de que isso jamais ia ocorrer porque eles o querem como nós e não cometerão a estupidez de eliminá-lo. Por isso vou ordenar a invasão do quarto. Não vamos poder ficar aqui o dia todo esperando o que não vai suceder. Eles não o entregarão de graça – então que seja. O Chefe me chama pelo rádio para avisar que missões concorrentes para o levar de Mosquete devem estar chegando por aqui vindas de inúmeros lugares. Pede que nos apressemos. Ao iniciarmos a manobra para conquistar o quarto infestado de inimigos, começamos a ouvir o ronco dos aviões que se aproximam. Não há mais tempo para inação. Agora!, digo, e os homens avançam empunhando os instrumentos necessários a fazer voar a porta e abrir buracos no teto e nas paredes. Não poderão conosco, é claro que não poderão.

IX

Eu já estava falando ao telefone antes de escovar os dentes de madrugada. Para ser sincero, nem me lembro se dormi essa noite. Sei é que tomei o café de pé, disparei as últimas ordens e fui para o escritório de onde falaria por circuito de TV com os agentes que estariam em Mosquete para buscá-lo. Lembrei ao emissário que ele detinha todo o poder de decisão necessário para fazer bem as coisas e que deveria liderar o grupo com o requerido sentimento de grandeza. Eu tinha que ser encorajador. Nada podia falhar. Nada vai falhar.

Estou tentando acompanhar tudo minuto a minuto mas a comunicação não é tão fácil. Me pressionam muito de toda parte por informação sobre o que está sucedendo lá, se ele já está com nossos homens e outras coisas assim.

O que sei é que ele está na mesma casa que o grupo entretanto há certa resistência da gente do lugar. Não deverá ser nada significativo apesar de sempre atrapalhar o planejado, o que pode complicar ainda mais porque há um monte de missões de nossos concorrentes que já estão a caminho de Mosquete. Mas eles não poderão conosco, é claro que não poderão.

O emissário acaba de informar que vai invadir o quarto onde estão os rebelados e ele. Diz também que se pode ouvir o barulho de aviões que se aproximam do lugar. Repito que se apresse. Acompanho pelo rádio o desenrolar dos acontecimentos. A porta veio abaixo, percebo pelo som. O barulho é enorme, e não posso identificar com clareza o que ocorre. O operador do rádio se comunica para dizer que não estão conseguindo passar pela porta derrubada porém que dois dos nossos já terminaram de abrir furos na parede e no teto do quarto por onde vão descer em cordas. Ouvem-se tiros, e recebo a notícia de que vários dos nossos já morreram. Do lado deles, não sabemos. Estou aflito: não esperava essa dificuldade toda e já me arrependo de não ter ido eu mesmo e com mais poder de fogo.

O emissário vem falar comigo. Pragueja sobre a resistência e começa a explicar o que pensa fazer. Nesse momento grita para mim que estão saindo com ele pela janela. Eu grito também para que faça algo com urgência, e deixa o microfone de novo com o operador. Continuo gritando por notícias; o operador me pede calma, que está procurando saber o que se passa. Volta o emissário. Ele foi levado para o meio da multidão, não sabemos mais onde está, perdido no mar de cabeças espremidas na frente da casa, me informa num quase lamento. Grito que se vire e mate quem for preciso, destrua o que for preciso porém não se atreva a voltar sem ele.

X

Eu sempre me levanto cedo, madrugada ainda. Escovo os dentes, como alguma coisa, tomo um café e vou para a mina. Mina é como chamo o lugar fora da cidade, uns dois quilômetros no rumo norte, onde tenho a tranquilidade de fazer o que gosto e sei. Todos sabem o que faço ali, e ninguém chega perto, nada me incomoda.

Hoje não foi diferente. Estava já avançado nas tarefas quando um conhecido me deu a notícia. Teriam chegado para me levar. Não perguntei quem veio porque dá no mesmo e estou seguro de que não me saberia dizer. Sei que não faz a menor diferença que seja um ou outro.

Já me perguntei várias vezes como teria começado a fantasia que hoje me faz despencar no pesadelo. Parece que é sina da humanidade alimentar os infindáveis tropeços com a carne fresca dos mal-entendidos. É uma estupidez que não entendo contudo parece que não posso mais fugir desse destino enganoso.

Por isso me deixo levar. Da sala para o quarto, da cama para a cadeira. Me vestem. Brigam, matam, xingam. Estúpidos, estúpidos. Agora me levam pela janela. Estou no meio da gente. Me cobrem, me empurram com a impaciência do perigo que chega pelo ar na forma de helicópteros de fogo. Começam a atirar, a despejar rajadas intermináveis sobre Mosquete. E veja que o estúpido, o maior de todos, sempre fui eu. É claro que isto não podia terminar de outra maneira. Eu não tinha o direito de esperar outro final para esta história. Sim, eu podia haver previsto tudo isto, o alvoroço, as invasões, a reação, as mortes. Não só podia prever como sempre soube e muitas vezes antecipei para alguns isto aqui que agora veio sobre nós, sobre mim em particular. Apenas não posso é fazer o milagre de colocar a razão no topo da motivação dos que decidem neste mundo de incompetentes. E por isso eu vou, estou indo agora para não sei onde. É provável que tenha um papel a desempenhar no futuro de toda essa gente. Só pode ser isso para explicar o que se passa agora. Farei ainda não sei o quê. Vou procurar não falhar contra as expectativas. Se o que testemunhamos aqui for a garantia de que terei real poder para escolher as opções, quem sabe não poderei ser útil à humanidade? Ninguém me conhece melhor que eu mesmo. No fundo sei que tenho as melhores inclinações e quem sabe não esteja longe de conhecer as saídas mais produtivas. Se não me atrapalharem, o mundo ainda será melhor, bem melhor. Eu me prometo.

19
A dona da galeria

I

O quadro é soberbo. Na sala iluminada por uma vela, pesadas cortinas de veludo vermelho e franjas amarelas estão agitadas com suavidade pelo vento que vem da janela aberta da cena. O artista tinha sido feliz nas escolhas – é tudo que há para dizer.

A dona da galeria abriu espaço na vitrine frontal para a obra. A luz externa montada para a pintura em particular vem de pequenos focos que apontam de diversas direções. Embora não seja forte, é suficiente para fazer o quadro responder com um fulgor raro que se concentra nas terminações amarelas e nos raios oblíquos que o pintor fez vir da rua indistinta que se vê no segundo plano da pintura.

A partir do dia em que a galeria subiu as portas de aço e mostrou pela primeira vez o quadro ao público, as demonstrações de interesse foram constantes. Houve sempre alguém perguntando o preço ou propondo negócios que acabavam recusados pelos vendedores. Aos poucos o quadro foi se tornando o único motivo de atenção dos clientes. No mesmo ritmo, a dona teve que ir se desfazendo das outras obras em transações realizadas sempre fora dali e sempre com outros negociantes, como única forma de fazer dinheiro para ir mantendo a galeria. A clientes nunca mais a galeria vendeu nada até ficar apenas com o belo quadro da vitrine frontal.

Numa quinta-feira de primavera, um casal jovem aproximou-se do quadro, hipnotizado como todos. O frio do vento era estranho para a estação, e os dois resolveram ir, escoltados pela vendedora, espiar de perto a rua indistinta que mandava o vento daquele segundo plano da pintura. Afoito, o marido debruçou-se mais que o recomendável no parapeito do quadro e caiu na calçada dentro dele. A mulher riu divertida com a cena, virou-se e comentou com a empregada da loja que tinha avisado diversas vezes ao descuidado do marido que uma coisa assim ia acabar acontecendo um dia.

A moça disse que iam fazer algo já, a mulher nem se preocupasse. Não estava preocupada, ainda disse a mulher antes de despedir-se de todos e tomar, na rua que passava na porta da galeria, o caminho de casa. Levou muito tempo para o pessoal da galeria voltar a saber dela.

II

Quem sabe teria sido melhor deixar as coisas como estavam mas a dona da galeria não se sentia bem em dar por perdido o quase cliente de sua única mercadoria. Não pela esposa, que tudo indicava haver ido chorar em casa, passada a euforia inconsciente do choque, o que não se pode garantir que tenha ocorrido.

No entanto o que estava em jogo era o equilíbrio inegociável da pintura, que não era mais a mesma com o corpo estranho do marido da outra tombado na calçada por trás da cena visível. Mais que por sentimentos de humanidade, a dona da galeria precisava cuidar dos próprios interesses. Então o único a fazer era remediar.

Muniu-se de uma lanterna e foi à janela da sala do quadro voltada para a rua. Não lhe pareceu que o vento que balançava as cortinas estivesse frio até porque era verdade que já começara o verão. Vasculhou com o facho de luz a calçada que era possível divisar da pequena janela mas não viu o homem. Pediu uma cadeira à vendedora e, mais alta, pôde debruçar-se melhor. Continuou não vendo ninguém na rua. Resolveu esperar que a noite passasse e melhores condições de visibilidade viessem com o sol do dia. Não saiu do lado da janela do quadro. Dormitou, sentou-se com as costas apoiadas na parede da janela e viu chegar a manhã. Passou a mão pelos olhos e postou-se à espera de movimento na rua do quadro.

Abordou a primeira pessoa que vinha subindo do lado esquerdo do observador da pintura. O homem informou que soubera sim da entrada do estranho no quadro porém não sabia dizer onde estava e o que havia ocorrido com ele. Podia fazer um favor: assim que voltasse, perguntaria às pessoas e no dia seguinte, quando tivesse que passar outra vez pela janela, daria notícia. Como a dona da galeria devia saber, continuou o homem, ele tem seu papel na ambientação da pintura e a função o obriga a passar por aqui toda manhã. A dona da galeria aceitou a ajuda e agradeceu.

III

Veio a manhã do outro dia, e o homem cumpriu o prometido. Tinha o que dizer sobre o marido que entrara no quadro: como era noite quando caiu, havia procurado abrigo numa casa vizinha de onde vinha o crepitar confortável do fogo de lenha. A conversa ali foi animada, e ao amanhecer o marido acompanhou a convite o anfitrião numa visita ao campo a alguns quilômetros dali. Era isso. Ele ainda estava por lá e não devia tardar – assim acreditava o homem que subia a rua do quadro, com base nas informações que havia recolhido.

A dona da galeria sentiu-se aliviada e torceu para o marido não ser irresponsável de ficar muito tempo no campo sem avisar a esposa, que esperava por ele no mundo real, como acreditava a comerciante.

Entretanto o marido era irresponsável, e já fazia mais de uma semana da última conversa quando o vizinho voltou à cidade do quadro. A dona da galeria perguntou pelo trânsfuga. "Olha, ele resolveu ficar um pouco mais na fazenda e aproveitar a oportunidade. Não se preocupe. Ele vem logo." O homem comentou que o marido era apreciado por todos no quadro, e era uma população mais numerosa que podia fazer acreditar a natureza morta que se mostrava ao espectador. O marido era tido como uma pessoa agradável e até muito divertida, disse. Dados os limites forçados pela vontade concretizada nas pinceladas do autor da obra, não eram muitas as novidades que movimentavam a rotina na pintura. Por isso era razoável que a gente ali fizesse o possível para atrasar a volta de um personagem tão interessante como o marido que havia caído na calçada do quadro.

A dona da galeria achou razoável a ponderação e dispôs-se a encompridar a espera. Que iria fazer em outro lugar? Tratava-se do seu quadro, e nada podia ter mais importância na vida. Os empregados da galeria lhe trouxeram cama e comida. A comida ela aceitou porém recusou a cama, que, segundo ela, destoava da harmonia da cena pintada. Dormiria no sofá mesmo. A paisagem do quadro era bastante agradável, e o vento deixara de ser um incômodo porque ela agora tinha sempre o cuidado de não ficar de frente para a janela.

IV

Veio uma nova manhã mas não o marido. O homem que passava pela janela tinha uma explicação: a chuva estava maltratando os caminhos. A dona da galeria aceitou de novo a justificativa. Nos dias seguintes, nada de o marido voltar. No princípio o vizinho ou o homem que subia a rua davam explicações, justificativas. Com o tempo, deixaram de fazer isso.

A dona da galeria também dava mostras de haver esquecido o marido da outra e seu quase cliente. Contudo não abandonou mais o quadro. Como a vida seguia, e precisava seguir, passou a despachar os assuntos dali mesmo, da cena.

A galeria voltou à vida. Encheu-se outra vez de obras de arte e fregueses, além dos curiosos que vinham observar e conversar sobre o belo quadro da vitrine. A dona da galeria não podia deixar de ouvir os comentários e responder a alguns, ruminar outros e ir compondo um vasto arquivo de informações sobre a obra, tão vasto que ela foi tendo cada vez mais dificuldade de digerir.

Por isso organizou uma animada discussão semanal, ela do quadro da vitrine e os convidados em cadeiras dispostas em semicírculo na calçada da galeria. Os primeiros encontros foram mais para destacar as qualidades da obra mas aos poucos as conversas iam se encaminhando para aprofundar a análise sobre técnicas e sentidos. Os temas semanais iam de *Luz e sombra no terço superior da cortina direita* até *A vela como símbolo universal na pintura medieval*. Especialistas encantavam a audiência com avaliações precisas e conclusões sob medida para o assombro dos aficionados embasbacados. Havia sempre lançamento de livros e projeção de filmes sobre o quadro. Outra atividade permanente eram as visitas guiadas de alunos e seus professores.

Completados oito meses de estudo, a dona da galeria havia catalogado nove críticas que apontavam para pequenas incorreções técnicas ou possíveis aprimoramentos daquilo que já parecia perfeito. Eram coisas como dar um pouco mais de brilho no dourado de certo trecho das franjas amarelas da cortina, virar quase nada para a esquerda a poltrona verde ou dar uma pincelada curta de cor preta no fundo à direita para corrigir uma quase imperceptível falha de perspectiva.

Aí ela se lembrou de chamar o próprio artista, que nunca mais tinha vindo à galeria desde o dia em que trouxera o quadro embrulhado num lençol branco de algodão. Disse a ele qual era o plano: copiar o quadro tal qual estava, por segurança, e introduzir as modificações sugeridas pelos críticos no original em que ela vivia. O artista, indiferente, pôs-se a copiar a própria obra. Levou alguns meses reproduzir com fidelidade cada detalhe. Ambos, artista e marchand, ficaram satisfeitos com o resultado.

V

A cópia foi pendurada em uma parede da galeria; o original continuou na vitrine. Numa tarde a esposa veio à galeria conhecer a cópia que se comentava muito na cidade. Chegou perto, gritou pela janela para o marido, e os dois saíram da loja de mãos dadas para casa. A galerista não trocou com ele mais que um boa-tarde.

A dona da galeria ainda se ocupou dele durante alguns meses nas ocasionais conversas que tinha com o homem que subia a rua do quadro. Soube de episódios enternecedores da dedicação do marido aos animais da fazenda do vizinho. Esse foi um traço de personalidade que ficou como marca do invasor da pintura. Mas a dona da galeria acabou sabendo também de episódios não muito positivos, inclusive de relacionamento extraconjugal do quase cliente, tão sérios que muita gente no quadro apostava que ele não mais voltasse para a esposa do lado de cá da pintura.

VI

No original a reforma durou quase um ano. Nem tudo foi feito pelo autor. Afixar quadros na parede da sala da obra, por exemplo, foi feito pelos próprios funcionários da galeria sob o comando da dona. Mas os retoques mais artísticos ficaram por conta dele. A obra foi se tornando ainda mais maravilhosa e resplandecia na vitrine.

Um dia, já quase na hora do almoço, o pintor estava acertando o estilo do castiçal quando por descuido derrubou a vela acesa sobre a cortina, e o fogo interno consumiu em minutos a cena perfeita. Num pulo o artista saltou para trás levando pelo braço a dona da galeria, que, já da segurança da calçada diante da vitrine, confirmou: "Que pena". O artista fez um gesto de "Paciência", instalou a cópia no gancho da vitrine, em lugar do original destruído, e tudo não foi mais que rotina a partir daí na vida da galeria.

20
As palavras do conto

Acabo de guardar no envelope de camurça as palavras de um conto que completei há pouco. É tarde. Amanhã eu as colarei na base de madeira em que se costumam montar para leitura as obras escritas. Durmo satisfeito.

Agora já é manhã do outro dia. Passo pela rotina: café com pão, caminhada, jornal, praça, mesa do café, café e água, volta, portaria, casa, escritório. E pela não rotina: janela, inspiração, olhada atenta, sol na cara, poltrona, pensamento espreguiçado. Talvez fosse honesto dizer que não rotinar seja para mim uma espécie de rotina. Mas honestidade tem hora, que não é esta, porque seria um desperdício de virtude ser honrado e gabar-se disso quando nada se tem a ganhar com a revelação.

Começo a jornada. Ao abrir o envelope de camurça, percebo uma inesperada atividade. Ouço barulhos de possível movimentação. Despejo o conteúdo na escrivaninha e vejo as palavras em ebulição. Estão em trânsito pela frase, mudam de linha, se encaixam em outros parágrafos.

Sento-me para observar mais de perto.

Vejo, por exemplo, o momento em que um *não* sai quase do pé da página para neutralizar um *desejo* antes permitido no segundo parágrafo. Testemunho também a troca de lugar entre *sinceros* e *impensáveis* e a inversão de ordem na expressão *grande homem*, espécie de patifaria com a forma que usei ontem para resumir a definição do protagonista da história.

Apanho a lupa na gaveta para olhar ainda mais de perto. Agora é possível acompanhar outras coisas que se passam no conto. Por trás da primeira camada do texto, encontro palavras agressivas martelando os microcanais por onde flui o ritmo. Apuro o olho, baixo mais a lupa e visualizo a segunda camada. Estão aí as expressões corrosivas comendo os engates da estrutura. Numa parte desapareceu a ponte entre dois parágrafos; na outra ouço o primeiro craque da junção partida. Vejo farelos de soldaduras amarelas no que me parece já ser a camada seguinte, a terceira. E é. Aí foram deixados pedaços de palavras, como acentos, ss e até prefixos. Algumas gotas do azeite que lubrifica os microcanais se misturam ao pó que costuma desprender-se quando lustramos uma expressão para deixá-la rara ou elegante. Também não faltam na mistura traços da gosma que é comum escorrer de trechos chulos, pelos quais não me faço responsável porque aí não havia nada disso ontem quando fechei o envelope de camurça.

Volto do fundo à superfície do texto. Continua havendo movimento mas parece ter-se iniciado a estabilização ou seja lá como poderia chamar a fase posterior à rebeldia das palavras que eu trouxe para conviver no relato que foi dormir sereno na noite anterior.

Não há mais dança visível de caracteres. Empunho outra vez a lupa, forço a vista e vasculho as três dimensões do objeto a minha frente. Nada. Como se aparafusadas em suas posições naturais, as palavras estão outra vez cumprindo o papel de palavras.

Tenho o impulso de rasgar o novo conto porém não o faço. Vai que os contos envelhecidos em camurça sejam como a uva macerada e massacrada em carvalho, que fermenta para melhor.

21
Venha logo

I

Pobre Francisco Saraiva, era algo muito pior do que pensava o que levara a mulher a pedir socorro em pleno horário de trabalho. Venha logo, tinha dito Mariângela. Francisco não entendeu bem mas soube que era algo com Débora. Pediu licença ao chefe e voou para casa. O trânsito, como sempre, estava difícil demais, e por telefone Mariângela não queria antecipar nada. Droga, não entendia a teimosia da mulher porém resolveu pensar que ela teria suas razões. Passaram pela cabeça mil coisas, desde um problema de comportamento no colégio até alguma bobagem relacionada com o namorado, que a filha devia ter embora ainda não tivesse sido apresentado à família. Nada de gravidade, equivocou-se com base na experiência com os exageros da mulher.

II

Débora havia saído de casa só que não para ir ao colégio, como explicava a carta encontrada pela mãe em cima da cama. As palavras diretas, cruéis na intenção, mataram primeiro a mãe para depois implodir o pai. "A vida que vivo não me serve. Como não vejo saída, acabo com ela ainda hoje. Vão saber de mim antes da meia-noite." Francisco não queria, não podia levar a sério. Estava confuso, apavorado, embora não pudesse aceitar que fosse aquilo que era. A mulher gritou com ele chamando-o à realidade. Fizesse algo era o que ela dizia. Calma ele respondia. Como queria que ela tivesse calma, estava louco? Não, não era isso. Era que, apavorados, não iam conseguir organizar as ideias para fazer o que tinha que ser feito.

O próprio Francisco desmoralizou o raciocínio pela forma nervosa com que revistava o quarto da filha buscando algo que facilitasse o que teria que fazer, aquilo sobre o que não tinha a menor noção. As amigas, sugeriu a empregada. É claro, concordaram. A agenda não estava no quarto mas Mariângela sabia o telefone da mãe de Sara, a mais íntima delas. Sara estava no colégio e não, a mãe não sabia de nada estranho, a filha não havia comentado nada. Claro, disseram-se outra vez, as amigas estão agora no colégio. Foram para lá. Ninguém tinha nada de concreto. Apenas Amanda comentou ter achado o comportamento de Débora diferente no dia anterior. Diferente como?, queriam saber. Ela não sabia explicar contudo sentia que era diferente. De namorado, ninguém sabia. Os professores menos ainda puderam colaborar.

Rodaram às tontas por uns minutos e voltaram para casa. A mãe, ao encontrar a irmã esperando por ela, começou a chorar. Desabara, comentava o marido com a cunhada. Ele gostaria de fazer o mesmo mas não podia. Era ele ou ninguém para fazer algo. A mulher não era alguém com quem pudesse contar nas crises. Desnorteava-se com facilidade. Polícia? Nem pensar. Família, quem? Era ele e ninguém mais. Iria fazer algo. O quê? Conversar, movimentar-se, parado é que não convinha ficar. As amigas, voltou a sugestão, desta vez do concunhado. Era isso, pensou. Ligou outra vez para a casa da Sara. A mãe disse que fosse lá quando quisesse, até naquele momento, que Sara já havia voltado do colégio.

III

Estavam lá em cima, disse a mãe, e Francisco foi ao quarto de Sara. Entre, ela diz.
 - Oi, pai – diz Débora. – Começando por aqui?
 - Sim, minha filha. Ela deve ser a pessoa mais indicada a nos ajudar a impedir você de fazer a bobagem que planeja.
 - É verdade. Converse com ela. Tomara que possa nos ajudar de verdade.

Entendia o desespero, disse Sara. Em que podia ajudar?, perguntava. No que fosse possível, dizia ele. Alguma coisa que lembrasse: havia um namorado?, Débora se queixava da vida?, era problema em casa, com ele, com a mãe, com o irmão?, era algo na escola?

Sara contou-lhe uma história assim:

Um príncipe negro chegou um dia ao trono num reino de brancos. Como ali as rígidas regras proibiam aos súditos encarar os soberanos, os serviçais fechavam os olhos ou abaixavam a cabeça no momento de atender à Primeira Família, o que havia impedido que o povo soubesse do filho do rei com a estrangeira de terra longínqua. Apenas um criado cego sabia que o novo rei era de cor diferente. Acostumado a perceber nuances nos sons e a captar com limpidez os volumes mais baixos dos cochichos, juntou peças durante anos até fechar a cadeia completa. Sentiu-se reconfortado por co-

nhecer um segredo com tal transcendência, que, quem sabe, poderia significar o abalo do reino milenar. Até que um dia resolveu que ia falar o que sabia durante a primeira festa de aniversário da coroação do jovem rei. No momento mais solene da comemoração, gritaria a revelação à corte. Com que objetivo? Nenhum: sabia que a cor do monarca não tinha a menor importância ali. Queria apenas ter o prazer de, ainda que fosse por um só momento na vida, ser o dono da situação. Vestiu-se um pouco melhor aquele dia e levantou-se da cama cantando. O tempo parecia caminhar com patas de ferro em estrada de areia e cola contudo enfim chegou a hora. O criado anda com sua habitual agilidade até o balcão, tempera a garganta e cai incinerado por um ataque mortal. Foi varrido no dia seguinte junto com os restos de ossos e taças quebradas.

Francisco ouve o riso vacilante que era marca de Débora:
– Me diga, pai: a historinha funcionou? Que sacana, a Sara, hein? Que sacana.

Quis continuar ouvindo a filha mas sabia que era impossível. Precisava correr para impedir que fizesse o que tinha anunciado. Sara disse esperar ter ajudado, o que ele agradeceu sem muita convicção. Às vezes demora entender recado da filosofia de feira livre, pensou desconsolado.

IV

Chegou a casa a tempo de receber o telefonema de Amanda. Ficara com remorso e queria dizer que havia um namorado, aquele era o nome, e esse o telefone. O coração bateu no céu da boca. Era por aí que ia salvar-se. Ligou tremendo, o outro respondeu tranquilo, o que Francisco recebeu como um mau sinal sobre a índole do rapaz. Num momento daqueles, imagina. Não, Débora não estava com ele, nem ele sabia dela. Estava acontecendo algo? Sim, será que podia explicar em pessoa? Claro que Francisco podia ir falar com ele. Outro voo pelas ruas empastadas. Foi também a mãe do namorado quem abriu a porta. Prazer, diz o projeto de genro enquanto Francisco despeja as perguntas. Débora interrompe:

– Calma, pai, desse jeito ele nem consegue entender o que você fala.

– Lá tenho eu tempo para isso? – lamenta Francisco. – Preciso encontrar você logo. Vê que horas já são?

– Compreendo – diz a filha – no entanto só vamos ter sucesso se as coisas forem feitas com calma, exato por não termos tempo. E, mais que por outra razão, você vai ter que conhecer primeiro quem era a namorada dele. Ouça bem.

Como é? Não teve resposta porque Lúcio já estava falando sobre a namorada. Quando Francisco começou a incomodar-se por não reconhecer a filha na pessoa descrita, Lúcio contou-lhe uma história assim:

Dizem que nesta cidade houve há muito tempo duas amigas inseparáveis que viviam se propondo desafios. Um dia uma delas apostou que a outra não conseguiria encontrar o próprio irmão numa sala com cinco pessoas. Mais pelo prazer da disputa que por ter visto sentido na charada, a outra aceitou. Na hora marcada, entrou na sala com as cinco pessoas. O primeiro era mais moreno que o irmão; o segundo, mais claro; o terceiro, mais alto; o quarto, mais baixo; o quinto, mais fraco. Não pôde indicar na sala o filho de sua mãe. A que havia proposto o desafio pediu ao irmão da outra que se identificasse. "Eu sou", disse o mais fraco. "Não me reconheceste porque estou sem meus disfarces."

Débora assoviou:

– Sem sutilezas. Esse é o meu Lúcio. Pobre pai: de novo às voltas com filosofia barata. Como sempre, quanto mais óbvio, mais difícil de entender, não é, meu pai?

– E também mais difícil de explicar, não é, minha filha? Por que ele não me diz direto? Esse jogo é teu?

– Não. O jogo não é só nosso.

– Meu Deus, e o que faço com tudo isso? Eu aqui patinando na boçalidade, e a realidade avançando. E se, a esta hora, você já tiver feito a bobagem?

– Não seja tão pessimista. Você vai conseguir. Nós vamos conseguir.

Se a pudesse entender, pensava que ele conseguiria ser seu namorado? – foi como Lúcio respondeu à pergunta de Francisco sobre se encontrava alguma explicação. Era tarde, Lúcio reconhecia, mas quem sabe o amigo? Quem?, quis saber o pai.

V

De novo, era uma mãe quem abria a porta. Estariam lá em cima – repetia-se também a informação. Sobe. Desta vez Débora vem buscar o pai na escada, nos olhos a urgência que a punha inquieta. "Depressa, pai", parecia dizer. "Estou fazendo o impossível, meu bem", esforçava-se Francisco por dizer sem palavras. Fosse por ele, entregava-se ali mesmo a um abraço apertado com a filha, um único abraço que não terminasse nunca, e deixaria vir, os olhos fechados, o que tivesse que vir. Mas não podia.

O amigo de Débora, o Wilson de quem nunca tinha ouvido falar, a primeira coisa que fez foi perguntar a Francisco:

"Me entendes?" Francisco sabia que, apesar da urgência da filha em perigo, tinha que esperar. Esperou, e a história foi assim:

> Um velho farmacêutico da cidade do interior tinha um gato especial. O animalzinho sabia identificar cores e o fazia numa prova irrefutável: transportava diversos objetos de um lado a outro da sala e os depositava dentro de uma caixa da cor respectiva. Um desconhecido soube da história e apareceu um dia para conferir. Viu e se maravilhou. "O senhor deve levar esse gato a uma cidade grande. Vai ficar rico." A questão é que o farmacêutico tinha uma peculiar maneira de ver o assunto: antes de tomar qualquer iniciativa, devia entender o que se passava. O tempo correu, o homem continuou sem entender o fenômeno, e o gato – bem, o gato é um animal mortal.

– Dessa história eu poderia ter gostado. Mas agora... – Era Débora, sem achar mais graça nas parábolas.
– Vou ligar para sua mãe, coitada. Deve estar preocupada.
– E o que vai dizer a ela? Não é melhor continuar a busca? Veja a hora. Já são onze!

VI

A filha tinha razão. Até porque ainda teria que conferir o blog que o amigo Wilson acaba de informar que ela mantinha faz muito tempo. Outra descoberta sobre a nova filha, que está prestes a perder.
– Não sabia, pai?
– Isso também não.

A história de Francisco Saraiva em busca da filha suicida aconteceu há vários anos. No que já apresentei, fica faltando apenas o epílogo, que conto agora saltando o supérfluo:

Francisco marcou com um clique o quadrinho "Sim. Li e concordo". Ao pressionar o *OK* final no formulário do blog, disparou uma janela onipresente e vazia, que ele não é capaz de desativar. Mesmo que quisesse.

22
O cacho de ouro

Eu estava na fazenda de meu sogro desde três dias antes. Tínhamos vindo para dois dias mas o córrego transbordado nos impedia de voltar. Por isso aquela noite tivemos tempo de ouvir Anselmo no terreiro à luz da lua e do Aladdin a querosene.

I

Minha mãe tinha ficado com a responsabilidade sobre a casa quando meu pai foi aquele ano trabalhar longe na colheita da cana. Tinha ido passar dois meses lá e deixou com a família o que podia. Quer dizer, quase nada. Mas nossa mãe era acostumada a essas coisas e não se assustava com bobagem.

A questão é que o pai demorou mais que o previsto para voltar. Tinha cumprido o tempo da contratação e queria vir. Só que o dono da fazenda estava com dificuldade para pagar o serviço. Era conhecido de muitos anos, e o pai sabia que o problema se resolveria. O do pagamento dele na roça sim porém o das despesas em casa era com nossa mãe. Ela sabia que precisava se virar.

A vergonha mais que a preocupação passou a pressionar nossa mãe porque a conta do armazém estava vencida. O quitandeiro sabia da ida do pai para a fazenda de cana e compreendia que nossa mãe precisava de prazo. Não seria a primeira vez, e ele confiava nela. Só que o prazo passou sem que o dinheiro aparecesse. As misturas começaram a faltar em casa. Foi-se o arroz quase com o feijão. Ficou o macarrão e a farinha embora fosse coisa de pouco tempo. Nossa mãe vendia garrafada e arrecadava uns trocados, atividade que rendia pouco porque era baseada na produção das ervas e plantas que o quintal comportava. Esse pouco dinheiro mal dava para o pão e o leite racionados.

Nossa mãe não queria atrasar mais o pagamento da conta do armazém apesar de não saber de onde viria a solução. Ou melhor, sempre tinha em mente uma solução durante todos os penosos anos em que se acostumara a ficar com a responsabilidade de alimentar os filhos. Ela tinha uma última salvação. Mas, como era mesmo a última salvação, não gostava de pensar nela. Não gostava de considerar o uso dela com uma crise qualquer, coisa que era quase o dia a dia na história da família.

Nossa mãe tinha uma joia. Na verdade um pedaço de joia. Era um cacho de uva, pingente de uma corrente que ela nem chegou a conhecer, perdida no passado familiar, nossa mãe nem sabia dizer se há pouco ou muito tempo. Tinha recebido da avó dela, saltando a mãe, a guarda da joia incompleta. Para todos nós, aquele cacho sem uma das uvas representava talvez a salvação da pobreza crônica, talvez a lembrança do passado glorioso que gostávamos de imaginar que nossos parentes pudessem ter tido um dia. Não éramos uns nadas na vida. Tínhamos tido um nobre berço remoto, e a qualquer momento o status podia ser resgatado, bastando usar a joia. A joia abriria cofres e portas, a joia guardada nos faria ser reconhecidos como os que tínhamos o direito de ser considerados no meio daquela gente pernóstica que não nos conhecia. Embora não fosse usada nem ninguém cogitasse disso, estava à mão. Muitas vezes o cacho era trazido à roda de conversa na sala e até no terreiro concorrido das noites de lua. Ele vinha enrolado num lenço branquíssimo bordado em uma das pontas com o óbvio desenho de uma parreira carregada. Nossa mãe só abria o embrulhinho quando estivesse sentada em posição estratégica, de forma que o ritual de abrir o pano fosse acompanhado por todos nós. Cuidava para que nosso pai não estivesse presente nessa hora de demonstração da ascendência com que ela tinha chegado ao casamento. A mãe não queria diminuir o pai em nossa frente.

Aquele pedaço de ouro amarelo resgatava nossa dignidade diante da vida periférica e desapiedada. Naquele momento nos sentíamos aquilo que talvez ninguém na família tivesse um dia sido de verdade. Não importava, como não importa agora. Nossos olhos brilhantes encontravam ali a prova de nossa dignidade *ab ovo*. Batíamos no peito ou ao menos tínhamos lastro para bater e apresentar-nos em qualquer ambiente como quem merecíamos ser.

II

Passou-se um mês mais. O pai permanecia aprisionado à fazenda de cana pela promessa de pagamento que nunca se cumpria. Passou-se outro mais. Então nossa mãe encontrou o pai em sonho, e a coisa mudou de figura de modo trágico para nós. O cacho de uva, disse ela. Ele chorou e sentou-se ao lado dela num banco longo, desses de sonho, no sonho em que estavam os dois. Nossa mãe consolou o marido com a mão pousada no ombro escalavrado pelos feixes de cana, e ele chorou mais ainda. Nossa mãe olhou para ele com o amor do mundo e não podia chorar. O pai disse a ela que não, que ele proveria, ele se mataria de trabalhar na fazenda ou em outro lugar mas o cacho não. Ela até poderia pensar em outra coisa. O cacho não. Ela olhou para ele e para o passado; o coração empedrado quis reagir e foi contido. Os dois não trocavam mais carinho embora, se outra vida tivessem tido, pudessem ter continuado a ser plenos e arrulhantes como nos breves dias que separaram o pedido de casamento e a primeira noite no rancho da roça do pai dela, quando quiseram e sonharam no mais fundo do coração ser juntos o que a vida nunca permitiu. Com esse mesmo carinho sovinado, nossa mãe despertou ainda de madrugada.

Meteu a mão por debaixo das roupas da gaveta da cômoda e puxou o embrulho do lenço bordado. Não havia ninguém no quarto, e ela apenas guardou o pequeno volume no seio. Aprontou o que havia para os filhos, arrumou a mesa e, dia amanhecido, foi até o comprador de ouro da praça da prefeitura. Ela era quem era, não podia, não tinha o direito de fraquejar. Os olhos firmes nem marejaram quando estendeu a joia desembrulhada para o homem detrás do balcão.

O homem levou o ouro trabalhado para a mesa mais no fundo da sala e armou-se de monóculo e pinça. Enquanto ele se debruçava examinando com cuidado a peça, nossa mãe fazia uma viagem tão longa que precisava apoiar-se no balcão. Encontrou o pai no galpão dos empregados da colheita da cana, acocorado ao lado da trempe com uma chaleira borbulhante para o café. Ela se achegou, os dois não trocaram olhar embora os corações tenham tido uma aceleração serena. Nossa mãe estendeu a mão para a chaleira, o pai afastou-a com um gesto tranquilo e completou ele mesmo a passagem do café. Ofereceu a primeira xícara a ela, que tomou dois goles e devolveu-a ao marido. O pai sentiu o enorme prazer do compartilhamento com o amor envergonhado que ele tinha por ela querendo, como em nenhum outro momento da vida, explodir em reconhecimento. Não teve coragem e apenas tomou com enorme prazer aquele café sobejo dela. Os dois saíram do galpão, ela na frente, e entraram roça adentro, os restos da colheita aqui e ali. Nossa mãe ia começar a ouvir o que ele ia dizer porém não deixou que o pai falasse nada. Em vez disso, ela colocou a mão sobre o ombro escalavrado dele e voltou para o balcão do comprador de ouro.

III

O pai nunca mais voltou para casa. Sua ida para a fazenda de cana virou tabu. Nossa mãe nunca reclamou nem nunca tentou nos enganar com a promessa de que ele um dia entrasse de volta pela porta. Ela nunca disse nada sobre o caso contudo eu sei o que aconteceu. Sei que o pai não pode voltar, talvez nunca mais possa fazê-lo. Sei que ele hoje é um andarilho pelo mundo, de patrão em patrão, de roça em roça, de colheita em colheita. Não que não queira voltar para nós porém não pode.

O comprador de ouro veio do fundo da sala com a joia na mão. Tinha demorado o máximo que podia, olhando para o cacho sobre a mesa, menino, homem e velho, filho, pai e avô, olhando para a mulher do outro lado do balcão durante o tempo em que ela, por sorte, não olhava para ele e parecia mesmo ter os olhos fechados para a realidade da sala onde um homem compra ouro de uma mulher, onde o filho de uma mulher compra ouro da mãe de filhos como ele o foi, da mãe como ele a teve. O comprador de ouro colocou a joia de nossa mãe sobre o lenço bordado e por um momento não foi o comprador de ouro que ele mais das vezes era e não podia deixar de ser. O homem sentiu os olhos se descontrolarem e o peito ressofrer tantas velhas dores. E foi quase sem se fazer entender que disse baixinho a minha mãe que não podia fazer nada, sentia muito, mas não podia. Aquele pedaço de ouro amarelo não era o que nossa mãe esperava. Não era nada, não valia nada, não era ouro, não era joia.

Aquele deve ter sido o pior dia de nossas vidas apesar de nada termos ficado sabendo da boca de nossa mãe. Nossa mãe voltou para casa, guardou de volta, no fundo da gaveta da cômoda, o cacho de ouro, deu um beijo em cada um de nós e foi até o armazém. Contou a dificuldade para o quitandeiro e colocou-se à disposição para pagar com serviço a dívida atrasada. Trabalhou durante doze semanas limpando e arrumando. Chegava em casa à noitinha, cansada, e enfrentava a outra jornada. Tinha sempre algo para nossa comida, um conforto e um meio sorriso. Nunca nos contou a história da joia.

IV

Nossa mãe murchou. Ela pode até ter enganado meus irmãos. Não sei porque disso nunca falei com eles. Entretanto a mim não. Eu via tudo. Vi o choro gritado que ela sufocava à noite, no fundo do quintal, dobrada sobre si mesma. Vi os olhos secos e a boca gretada desenharem um novo rosto na cara que era antes para nós a da Virgem Maria e das outras santas de altar de tão linda e perfeita. Vi suas roupas virarem molambo. Vi seu apetite sumir. Vi seus ombros caírem um na direção do outro. Vi outra mulher habitar nossa casa.

V

Até que um dia nossa mãe encontrou-se outra vez com o pai em sonho. O pai prometeu grande. Ela iria ver como ele chegaria logo para iniciar uma era feliz em nossa casa. Nossa mãe disse que sabia disso com toda a certeza. Então o pai entregou a nossa mãe uma muito pequena pedra dourada. Era ouro, ouro mesmo, disse ele. Não quis esperar conseguir o metal necessário para reconstruir por completo o cacho de uva porque queria que ela já tivesse a satisfação de ver que a joia voltaria, já estava voltando, ao montepio da família. Ele queria que ela não sofresse mais pelo vazio. Ela aí sim sorriu o maior sorriso de que ele se lembrava, colocou a mão sobre o ombro escalavrado dele e soube de novo que a família estava salva. De manhã cedo, chamou-nos todos para ver a pedrinha valiosa embrulhada no lenço branquíssimo.

O pai nunca mais voltou para casa. A pedrinha agora está comigo, com minha mulher. Nossa mãe continuou até o fim da vida revivendo a cada tanto o ritual de mostrar em família a joia que representaria a garantia de que nós éramos e seríamos para todo o sempre o que nossa esperança quisesse.

O caseiro do meu sogro encerrou a história com o enorme costumeiro sorriso, apagou o Aladdin e nos desejou boa noite. Nós não soubemos o que falar e deixamos que ele fosse para o lado da família adormecida com o amargor das próprias palavras e talvez a certeza de que por eles haveria sempre uma joia incompleta no fundo da gaveta.

23
Sabático e vespertino

I

Catorze anos todo mundo já teve e sabe como é. Quando uma pessoa de catorze anos tropeça, não cai levada apenas pela gravidade – *se joga* para que o encontro com o obstáculo resulte espetacular e ribombe o mais possível. Foi assim que Glênio caiu aos pés virtuais de Catarina. Mesmo que o Universo o seguisse ignorando e os amigos não tivessem dedicado à história mais que pouca atenção, exceto dois (um por causa dela e outra por causa dele), seu furacão individual era terremoto demais para limitar-se a ficar apenas íntimo.

Passou que Glênio não podia ter visto Catarina antes daquela tarde de sábado porque ela tinha acabado de chegar ao bairro. Por isso a fatalidade dele foi vespertina e sabática, o que complicou ainda mais o que não era nem podia ser nada fácil. À tarde, quando estamos indecisos entre continuar diuturnando ou começar a anoitecer, somos sempre mais suscetíveis. E se é sábado, pior, porque também esse dia é encontro hesitante, neste caso entre as cinco feiras da semana dita útil, já passadas, e o intervalo de tantas utilidades antes da próxima.

O certo e provado é que Glênio amou Catarina até morrer com o mesmo amor esbraseado da paixão vespertina e sabática dos catorze anos, idade que ele teve só até aquele dia em que por primeira vez anoiteceu adulto.

II

Mas Glênio não anoiteceu antes de propor-se a Catarina. Foi lá e disse. *Lá* era uma esquina da praça da Matriz, onde ela voejava dentro de um vestido branco indeciso, que sob o pretexto do vento evitava tocar a pele curva. E ele *disse* palavras inéditas, como únicos eram também os sentimentos aparvalhados. Seu hálito apressado cruzava o prisma do alumbramento e inflava o ar entre os dois com o espectro completo das cores. As palavras borbotoneadas atravessavam a colmeia da confusão de ideias e desembarcavam nas frases com o sabor obrigatório dos doces em calda. Seus músculos e nervos estagiavam antes no teatro ancestral para aprender os gestos e os sobrolhos de dizer "eis-me". Foi pois com o suporte da sabedoria acumulada pelo gênero humano que Glênio se armou para pedir o céu a Catarina. E foi com a resistência esgarçada dos homens de sempre que, naquela tarde inesquecida, contabilizou seu primeiro *não*.

Existem várias maneiras de ficar adulto. O destino escolheu para Glênio uma muito dolorosa. A descrição médica do ocorrido com ele no famoso fim de tarde é a seguinte: o *não* de Catarina atingiu a coluna vertebral de Glênio na altura do meio das costas e rompeu nervos e ligamentos; do líquido derramado, pulou o adulto novo. E esse adulto já estreou no mundo com um raciocínio bastante razoável: não havia como Catarina ter dito *sim* a ele, um desconhecido. Claro. Devia primeiro fazer-se próximo. Melhor ainda, íntimo. Ela não disse *não* a ele: disse *não* ao estranho invasor. O *não* ao estrangeiro podia ser entendido portanto como um *sim* se estrangeiro ele já não fosse. Claro e elementar. O *não* não representava a negação definitiva da impossibilidade provada. Era no máximo um *ainda não*. Ele sabia, com que alegria ele sabia.

Por isso é que, em vez de sofrer, Glênio contou aquele dia como o primeiro da vida feliz em comum que os dois teriam.

III

Patrocinou mil peripécias em menos de quinze dias. Roubou a chave do carro do pai e quase abalou uma coluna de cimento mas pelo menos circulou na frente de Catarina quatro vezes na mesma praça do outro dia. Aprendeu oito piadas e disse todas para que ela ouvisse, o que não se pode garantir que tenha ocorrido. Riu muito torcendo por um olhar dela na lanchonete. Vestiu roupa descombinada. Por último organizou a festa de aniversário da irmã com pelo menos sete meses de antecedência ou cinco de atraso. Durante a introdução da última música, sabia que o caminho estava preparado e não perdeu o cavalo encilhado: desculpando-se pelo ímpeto ridículo do outro dia, afiançou-lhe haver entendido "com clareza" a resposta dela de então. Que foi a mesma de agora, ele se espantou em descobrir.

Após três meses, Glênio se envergonhou diante de Catarina pelas imprudências anteriores. Ela ainda não tinha tido tempo de descobrir os próprios sentimentos, ele sabia. Que o perdoasse. Ela condescendeu e não tardou mais que um minuto e meio para responder com o silêncio mais convincente à nova investida.

Ainda dentro dos primeiros seis meses de conhecimento, Catarina foi chamada a contrariar Glênio outras três vezes, outras três ocasiões em que Glênio começava a conversa desculpando-se pelas cretinices passadas. Só por cegueira não percebera que ela antes não podia mesmo estar pronta para querê-lo, cada vez dizia Glênio com essas ou outras palavras. Ela tivesse a grandeza de compreender. Sorrindo repetia o convite, sério ouvia negativa após negativa.

Sabática e vespertina, não importa nada, a paixão vem e fica. Podia Glênio fazer alguma coisa que não fosse reapresentar-se com regularidade e fé diante da alheada Catarina?

IV

Glênio foi envelhecendo renovado a cada ciclo de pede-e-não-recebe. Catarina, ao contrário, avançou em marcha natural pela vida. Apenas um namorado estranhou Glênio. Os outros conviviam com o flerte obstinado armados da tolerância possível. Glênio guardou-se sempre para o-que-viria.

Sua tenacidade conquistou o status de ritual familiar quando Catarina se casou com Antônio. Havia dias reservados em consenso para os pedidos de Glênio. Ele vinha às vezes com um presente, às vezes de paletó e gravata, às vezes para o jantar. Acompanhou o crescimento da família, cuidou até uma vez dos dois primeiros filhos num fim de semana em que Antônio precisou viajar e Catarina estava doente. Houve a vez em que teve que tomar um avião que tanto temia para ir ao exterior e não deixar a distância atrapalhar a rotina consagrada. Reapresentar-se com o convencimento renovado de que, agora sim, o verde estava maduro – para isso e dessa maneira viveu Glênio.

Após completar 74 anos, numa tarde de sábado Catarina entregou-se a uma febre nem tão forte assim e morreu. Glênio, que estava a quilômetros de distância, foi avisado por Antônio e chegou para o enterro. Ao entrar no cemitério às onze horas de um domingo sem sol, sem nuvem, sem chuva, a cerimônia à beira do túmulo já tinha se iniciado. Comandada pelo invisível, a multidão foi abrindo caminho para Glênio, e todas as vozes silenciaram. Percorreu impávido os metros serpenteados entre cruzes e lajes e aproximou-se do caixão fechado. Antônio abraçou-o por um tempo longo, e o gesto elegante e triste oprimiu a assistência mais que a visão subsequente do cadáver de Glênio escorregando dos braços do viúvo em lágrimas. Antônio abriu o caixão e, com a ajuda de parentes e amigos, acomodou o corpo do outro ao lado da esposa fria.

24
Ring, ring

I

O maldito aparelho fica ali em cima da mesa, e nós olhando para ele, pendentes do menor ruído. Nos disseram, malditos, malditos, que esperássemos a ligação para qualquer momento.

Estamos aqui, não podemos deixar de estar. Não vão nos pegar desprevenidos. Na hora em que essa merda soar, haverá um de nós aqui pronto para voar sobre ele e dizer um pronto "alô" antes que o interlocutor consiga piscar. Não falharemos.

II

No dia em que tudo começou, óbvio que eu não era vivo. Meu avô ou meu bisavô, nem sei mais, foi quem atendeu a famosa ligação. E ela dizia que esperasse que iam chamar de novo ao telefone e que ele nem podia pensar em descuidar de atender de imediato. Meu avô ou meu bisavô tinha uma viagem marcada para aquela noite e precisou cancelar passagem e reserva de hotel. Contam que foi um desastre porque o assunto de que trataria no lugar para onde iria era muito importante para a família. Segundo a versão passada por cada um de nós adiante, a família nunca mais recuperaria o prejuízo dessa viagem cancelada.

E o começo de nosso drama é que o telefone não tocou nem naquele dia nem no seguinte. Esse meu primeiro ascendente em relação direta com o telefonema que não chega ficou o tal dia inteiro sem dormir e sem comer. Pior ainda, sem ir ao banheiro. Contou com o auxílio de um e outro porque desde o início sempre se soube na família que não negligenciar era decisivo para nossos interesses.

III

O segundo dia seguinte ao do telefonema coincidiu com a morte de um tio do que estava à espera da ligação. Rápida deliberação familiar concluiu pela impossibilidade de ele ir ao velório e ao enterro, nem se cogitando a possibilidade de não haver a pessoa certa ao lado do aparelho para receber a comunicação de que tanto dependíamos já naquela época. Esse episódio foi a confirmação de que a situação não pedia apenas pequenas adaptações. Era preciso pensar em soluções mais consistentes com a novidade.

Meu avô ou bisavô, você já sabe que não me lembro mais quem era dos dois, ficou definido como o destacado oficial para assumir a vigília perto do aparelho. Os demais se organizariam para tomar as responsabilidades pessoais dele, inclusive as profissionais, de modo que a função não lhe representasse uma perda. Teria de ser um custo dividido entre todos os familiares porque o proveito seria comum.

E foi dessa maneira. Esse meu ascendente não saía da sala, exceto para ir ao banheiro e assim mesmo a partir do momento em que se instalou um fio mais longo, o que permitiu que o aparelho fosse levado até o cômodo equipado com vaso, chuveiro e pia. Ali na sala, eram servidas as comidas e recebidas as visitas pessoais. No lugar do antigo sofá, foi colocado um sofá-cama confortável, que permitia descanso e prontidão uma vez que o móvel ficava ao lado da mesa com o telefone.

O destacado para a recepção do telefonema tomava sol ao lado da janela, que foi agrandada para proporcionar uma área maior de iluminação natural. Tomava-se o cuidado de não cansar muito a voz dele para a eventualidade de a ligação ser demorada. Não só era necessário que ali estivesse sempre alguém para atender o telefone – era preciso que essa pessoa não falhasse na função de interlocutor naquilo de que todos dependíamos tanto.

IV

Mais ou menos dezoito meses depois, chegou a primeira carta. Dizia que entraves burocráticos tinham impedido a ligação até o momento mas que ficava renovada a recomendação de manter a atenção permanente ao toque do aparelho. Não era possível antecipar dia e horário porque, como sabíamos, não dependia apenas deles.

Serviu como uma espécie de alívio porque confirmava que a ligação ainda ocorreria, nada tinha mudado sobre isso. Era o que nos interessava ouvir. Na ocasião o destacado recebeu a companhia da família inteira. O clima era de distensão, quase euforia, e não é exagero afirmar que a casa teve dois dias seguidos de festa. Silenciosa, é bom que se diga, porque todos entendiam a necessidade de manter o ambiente adequado para a perfeita identificação da campainha do telefone.

Nove dias após a carta, eis que a campainha tocou. O destacado quase caiu do sofá e ainda tropeçou numa cadeira antes de alcançar o aparelho:

– Alô! – disse com a dicção mais perfeita que se podia exigir. As pessoas ao redor se emocionaram e ninguém sequer piscava na expectativa. – Sim, é desse número. Sei... Sei... Entendo. Não há de quê. Boa tarde.

Em vez da informação que estavam ansiosos por receber, os familiares ouviram um gritado "Droga!" sair da garganta do destacado.

– Droga! – repetiu. – Era a companhia telefônica para falar de não sei o quê. Ao confirmar que era nosso número, acho que a pessoa se tocou e começou a pedir desculpas e a dizer que sabia que era para deixar a linha livre, que todo mundo na empresa sabia, etc., etc.

Foi então que o clima festivo acabou substituído pela incerteza e até pela descrença. Afinal como saber se a ligação não tinha sido feita justo quando ocorria a desnecessária conversa? Como saber? Várias hipóteses de como saber foram levantadas embora nenhuma fosse factível. Na época não havia tecnologia para recuperar na telefônica o que a família precisava. Ainda assim uma comissão de parentes advogados buscou a companhia para protestar contra o vacilo e para tentar mesmo sem esperança saber se seria possível identificar uma chamada que tivesse entrado ao tempo em que se mantinha a conversa inadequada. Não era possível.

Estavam todos nessa angústia quando chega a segunda carta. Dizia que tinham ficado sabendo do lamentável ocorrido e nos mandavam acalmar a preocupação porque a ligação ainda viria. Estavam trabalhando com toda a dedicação para que isso ocorresse no mais curto prazo possível.

V

Não posso saber se vocês já passaram, se a família de vocês já passou ou passa por uma opressão como a nossa passa. Se sim, sabem. Se não, esclareço agora. Ninguém se interessou até este momento mas, se viessem nos estudar com a ciência da estatística, verificariam que estamos entre os que mais sofrem com ansiedade, síndrome do pânico e depressão. Somos dependentes do telefone, daquela coisa ali em cima da mesa. O aparelho mudo é nosso pesadelo; a campainha estridente é nossa utopia porque esse grito ansiado significará para nós vencer o impasse, poder andar ou voar, sair pelas ruas, rever o burburinho, molhar o sapato nas enxurradas, conhecer o outro lado da cidade, levar as crianças ao parque e ao cinema, andar de bicicleta. Levantar os olhos. Queremos levantar os olhos para olhar de novo o céu e o horizonte. E não nos venham dizer que está em nós vencer o abuso porque não é verdade. Quem diz uma coisa assim nunca tentou se colocar em nosso lugar. Precisam ter a caridade de não falar por falar. Acreditem, não estamos nisso por escolha; não temos a opção de viver livres.

Os mais otimistas entre nós creem que o dia em que a campainha tocar seremos para sempre libertados. Os mais pessimistas temem que esse dia possa não passar da libertação da própria ansiedade por esse dia. Nada mais. Temem que a mensagem que virá da gente do outro lado dos cabos e das ondas seja nada mais que uma renovação do cativeiro, uma espécie de troca de seis por meia dúzia. Os mais realistas entre nós estão começando a achar que a saída talvez seja um tiro na têmpora. Estamos perdendo a religiosidade e a esperança.

VI

Este mundo está o que vocês sabem tanto quanto nós. Só por insanidade alguém poderia invejar nossa condição. Mas tem gente. Era um domingo, dia em que o destacado sente um agravamento dos sintomas de abstinência. Os que precisam estar fora para cuidar do sustento dos que estão dentro usam o dia para qualquer coisa. O destacado não pode relaxar. E não estava relaxado quando a sala foi invadida por três homens armados, encapuzados e, a nosso juízo, delirantes.

Meteram o cano do revólver na boca do destacado e perguntaram qual era a senha da ligação.

– Que senha? – Cano roçando a garganta, a pergunta saiu quase incompreensível.

– Não temos tempo para isso. Queremos a senha combinada para a hora em que eles ligarem.

– Não existe isso – disse o destacado depois de uma cruciante estocada do revólver no céu da boca. – Só tenho de escutar. Não há mais nada. De onde tiraram isso?

– Todo mundo sabe que é preciso uma senha para atender a ligação. Não tente nos enrolar que não somos idiotas.

– Não estou enrolando. Estou dizendo a verdade.

O invasor tirou o revólver da boca do destacado e encostou-lhe a arma no peito.

A sala começou a encher-se de gente. Da família e da cidade. A certa altura, foi a vez de o padre argumentar com os garotos (eram garotos):

– Meninos, não ia adiantar nada. Ainda que houvesse uma senha e ela fosse dada a vocês, seria o mesmo que nada. A mensagem que vai chegar não é para quem estiver ao telefone nesta sala – é para a família. Primeiro, que eles não vão dizer nada porque saberão que estranhos estariam tentando uma fraude. Eles têm como saber. Segundo, que a informação não seria de nenhuma utilidade para qualquer pessoa estranha. Se vocês tivessem tido o trabalho de perguntar pela cidade, saberiam que é um assunto particular, familiar. Não é um tesouro que possa ser desfrutado pelo sortudo que o desenterrar. Voltem para casa. Se abaixarem essa arma agora, garanto que nada vai se passar com vocês. Eles não querem mais publicidade que a que já têm. Não vão fazer queixa. Vão embora, vão.

VII

Apesar de o assunto estar sob algo como segredo profissional em relação a todos os implicados na expectativa do telefonema, sofremos tempos atrás um ataque de trotes. A campainha soava, e vinham as piadas mais infames. Antes de recebermos as cartas tranquilizadoras que vinham logo após, havia sempre um período de incerteza e de angústia que nossa permanente tensão não nos permitia evitar.

VIII

Do início da coisa até aqui, houve de tudo. Houve troca de aparelho, acidente com a mesa e com o telefone, doença do destacado, troca dele, reforma na casa. O mundo mudou muito, e nossa família também.

Hoje a tecnologia avançou bastante, e nosso número ganhou um algarismo mais. Podíamos ter um aparelho sem fio ou fones com microfone, claro, sabemos disso. No entanto não confiamos no sinal, não confiamos na comunicação tecnológica. Preferimos manter a vigilância munidos de um aparelho moderno mas com fio.

Enfim tocou a mim a vigilância na sala do telefone. Venha a comunicação quando vier, aqui estarei atento e disponível. Morro de curiosidade para saber por que isto tudo é tão importante para nós.

25
Jogo de futebol

I

Naquela época daqui para lá não havia asfalto e estava ainda longe de isso vir a ser realidade. A estrada era pouco mais que uma trilha e, por isso mesmo, era preciso ir de jipe ou caminhão. Como era um time de futebol, caminhão.

Era uma partida entre os times das duas cidades, e daqui foi a seleção que já vinha à cabeça de cada um de nós quando se pensava no assunto. Nem havia discussão. O máximo que poderia haver era uma substituição pelo fato de o titular não estar disponível. Não se questionava quem merecia envergar cada número de camisa.

Chegaram lá às onze, quase na hora do almoço. Quebrados pela viagem, os jogadores mal tiveram tempo de buscar um canto em que descansar por uns minutos. Por essa razão, o time da casa já começava em vantagem, o que se traduziu em levarmos uma surra de quatro a zero. Nem o de honra nosso time conseguiu meter. Terminado o jogo, às cinco da tarde, os rapazes foram instalados numa pensão. Tomaram banho, jantaram e se prepararam para a festa que comemoraria o congraçamento.

Às oito, momento combinado para a ida até o salão, que ficava a uns duzentos metros da pensão, o cabo da polícia militar que chefiava a minúscula força de segurança da cidadezinha procurou nosso time. Como já tinha trabalhado em nossa cidade por alguns anos, a maioria era conhecida para o cabo Pimentel. Ele chegou e disse para o grupo, na calçada da pensão, o seguinte:

– Na verdade vocês não perderam a partida. Eles levaram por uma artimanha que acabei descobrindo tempos depois de me mudar para cá. Não acho justo. É coisa cafajeste demais para contar com minha compreensão, e agora chega. Mas, como sei o que se fez para garantir a vitória sem merecer, sei também como desfazer a malandragem. Venham comigo.

Ainda que estivessem meio surpresos com o conteúdo da conversa, foram. Em vez de ir para o lado do salão da festa, entraram à esquerda a partir da pensão e foram para os lados do campo de futebol. O grupo deve ter chamado a atenção porque era muita gente junta andando por ruas desertas àquela hora. Pimentel ia na frente. Na rua oposta à da entrada na cerca de arame que rodeava o campo, o cabo indicou uma casinha de uns quarenta metros quadrados, talvez até um pouco menos. Entraram, e o salão era enorme, quase um estádio de futebol.

– Agora me escutem bem. Por esta entrada – apontou –, podemos voltar ao momento do início do jogo. No lugar do campo de futebol, ia ser construído na época um grande galpão. Por causa disso, cada casa em volta da área tem uma função. Pouca gente sabe, nem mesmo os jogadores do time deles. O que faz as vezes de treinador é o único que está informado de que estaria tudo acertado para vencerem. Esta casinha, por exemplo, foi construída há muitos anos para servir de rota de fuga para os traficantes que atuavam na região. Foi usada muitas vezes para escapar da polícia e de bandos rivais. Um dia, por acaso, descobrimos que por esta porta vamos a outro tempo. Se, atravessado o portal, viramos à esquerda, voltamos no tempo. Quanto tempo depende da quantidade de passos que a gente ande. Como dá para ir conferindo as cenas, é fácil calibrar e selecionar o ponto desejado. Pelo Portão de Lugar, que é aquele ali – apontou para outra porta –, podemos sair distante daqui e chegar até bem longe da cidade, usando a mesma lógica da quantidade de passos. Era pelo Portão de Lugar que os bandidos escapavam. Já por este Portão de Tempo, que é por onde vamos, saímos sempre no campo de futebol mas daí podemos ir a qualquer parte do mundo. – Ele falava rápido, e o grupo ia apenas engolindo as informações confusas sem reação. – Por aqui a manobra desonesta deles pode deixar de prevalecer. Haver entrado no campo por aquela outra casinha por onde vocês viram que eles entraram permitiu a vitória fraudulenta porque ali tudo está preparado para fabricar enganação. Ainda assim uma nova entrada por aqui, poucos sabem, anula todo tipo de manobra de interferência na realidade porque voltar no tempo é mesmo isto: recomeçar.

Como sequer tinham chegado ao nível de entendimento necessário para ter dúvida, ninguém compreendeu em especial a última observação de Pimentel. Ainda assim acharam melhor não perguntar nada.

– Agora vai ser cada um por si. Se vocês tiverem o melhor time, vão ganhar desta vez – disse Pimentel.

– Com o cansaço que temos, acho difícil – alguém comentou.

– Não se preocupem. Ao passar pelo portal, voltam em tudo ao começo da partida. Não vão nem se lembrar desta conversa que estamos tendo. A única pessoa que vai saber de tudo o tempo todo sou eu.

– Como é isso? Mesmo tendo entendido o que nos disse para fazer e o que vai acontecer, qual é a explicação para essas coisas todas, essa história de interferência na realidade, portões, volta no tempo?

– Melhor que não saibam – completou Pimentel, fazendo o gesto para que cruzassem o portal que parecia dar do enorme salão para o quintal da casinha. Ao cruzá-lo viram, no entanto, que dava de cara era com um muro alto em que se podiam ver as cenas que tinham se passado no campo durante a partida que haviam jogado, mais recuadas no tempo à medida que se caminhava à esquerda. O jogo foi sendo visto ao revés até chegar à cena da entrada de nosso time no campo.

Aí os jogadores atravessaram a projeção no muro, que descobriram então ser apenas uma ilusão, e estavam de novo no campo, exato quando o outro time também começava a entrar. Naquele momento as últimas memórias guardadas pelos jogadores voltaram a ser a viagem da vinda e a chegada à cidade. O encontro com Pimentel não era uma delas.

I I

Veio a hora do início, o juiz chamou os adversários para o centro do campo, e dez jogadores de nosso time atenderam à convocação. Faltava Zé Canhão. Como não foi encontrado a tempo, o reserva entrou no lugar dele, e a partida começou.

Saltando ao que interessa, o jogo terminou com nossa vitória rasa de 1 x 0. Só Pimentel notou algo de significativo no semblante surpreso e nas atitudes confusas do técnico deles quando terminou. Sei que foi o que ocorreu, ele me contou anos depois, embora na época Pimentel não tenha comentado nada com ninguém.

Terminado o jogo, às cinco da tarde, os rapazes foram instalados numa pensão. Tomaram banho, jantaram e se prepararam para a festa que comemoraria o congraçamento.

Às oito, momento combinado para a ida até o salão, que ficava a uns duzentos metros da pensão, o cabo da polícia militar que chefiava a minúscula força de segurança da cidadezinha procurou nosso time. Como já tinha trabalhado em nossa cidade por alguns anos, a maioria era conhecida para o cabo Pimentel. Ele chegou e disse para o grupo, na calçada da pensão, o seguinte:

– Quase não deu, hein? Mas ganharam. Em esporte é o que interessa. Portanto ganharam também o direito de comemorar, não é? Vamos à festa?

Todos foram, menos Zé Canhão, o maior cobrador de falta do time, que, sabe-se lá o porquê, não tinha a ausência notada.

Uma hora após começada a festa, o goleiro do time da cidade desentendeu-se com o ponta direita do nosso e tentou furar-lhe a barriga com uma faca. O ponta desviou-se e a lâmina acabou entrando no peito do cabo Pimentel. Foi uma gritaria. Levado para o pequeno hospital, Pimentel morreu.

III

– Agora vai ser cada um por si. Se vocês tiverem o melhor time, vão ganhar desta vez – dizia Pimentel lá naquela hora em que o grupo estava por entrar pelo Portão de Tempo.

Zé Canhão estava assustado com a conversa do cabo e foi se movimentando até ficar atrás de todos os companheiros. Despercebido, saiu da casinha e voltou tremendo à pensão, onde entendeu de acalmar a tensão balançando-se na rede. Porém alguém do time da cidade apareceu dizendo que os outros já estavam na festa e só faltava ele. Não teve como não ir.

Lá fez alguns comentários com os companheiros e descobriu, e foi confirmando até não ficar dúvida, que nenhum deles sabia da conversa de Pimentel. Estavam como haviam deixado o jogo em que tinham sido derrotados.

Uma hora após começada a festa, o goleiro do time da cidade desentendeu-se com o ponta direita do nosso e agarrou uma faca para furar-lhe a barriga. Ainda que o cabo Pimentel tivesse saltado sobre o goleiro, a lâmina entrou no peito de nosso ponta. Foi uma gritaria. Levado para o pequeno hospital, nosso jogador morreu.

IV

Pimentel reformou-se na polícia e voltou a morar em nossa cidade. Nunca conversei com ele sobre aquele dia, que já deveria ter sido enterrado por mim como o foi pelos outros. Passado bem passado.

Nunca calhou de eu encontrar, ao mesmo tempo, algum dos companheiros de time e o Pimentel, o que daria a oportunidade perfeita para retomar a conversa da casinha ao lado do campo, aquela conversa que mudou o jogo e o depois. Nunca se deu a coincidência. Outra coisa é que nunca, após a chegada de volta da viagem, ninguém comentou nada mais comigo sobre a facada que matou nosso ponta. Durante a viagem, vínhamos lamentando o fato, chorando pela família e essas coisas. No dia seguinte, como se houvesse um apagão coletivo, nenhum dos companheiros falou no assunto. Nem nunca mais. Apagaram o nome dele das conversas. Sei lá. Todos sempre preferiram lamentar algo que teria acontecido com Pimentel, que ninguém nunca explica e de que eu não soube nada. Parece que não é para saber porque, sempre que chego perto de ouvir informação concreta sobre o assunto, alguma distração muda a conversa e fico sem saber do mesmo jeito. Também não me senti cômodo para perguntar ao próprio Pimentel o que teria sido isso. Como podem ver, nunca fechamos bem aquela viagem.

Mas hoje vou aproveitar que estamos eu e Pimentel sentados em cadeiras próximas neste jantar de aniversário e ter a coragem de tocar no assunto.

– Nunca me conformei com não ter jogado a partida em C* daquela vez – comecei.

– Qual partida, Zé?

– Aquela na ocasião em que mataram Y*, não se lembra? Você estava morando em C* naquele tempo.

Pimentel movimentou-se na cadeira.

– Por que demorou tanto a me falar no assunto? – O antigo cabo me encarou com olhos brilhantes bem abertos. – Há quantos anos estou esperando essa conversa! – Mexeu nas chaves e no maço de cigarro. – Sabia que apenas você podia ter esta conversa comigo? Sabe quando a gente guarda uma coisa, um segredo perigoso, mas vive com a língua coçando para abrir o bico porque ele é uma carga muito pesada para ser levada sozinho? – Olhou para outro lado. – É o caso. Não sabe o tanto que preciso voltar àquele dia, e o pior é que a iniciativa não podia ser minha. Não posso quebrar as regras. Apesar de saber que você teve acesso à informação, não podia ter plena certeza de que tinha entendido tudo e guardado uma lembrança precisa da confusão de versões da verdade. Precisava que você e só você tivesse a iniciativa de tocar no assunto. Só que não podemos falar disso aqui. Que tal amanhã, pode ser?

V

Não estranhei que o lugar combinado de nosso encontro fosse ali, tão isolado, porque entendia muito bem a delicadeza da conversa.

Ao chegarmos lá, Pimentel me contou tudo, tudo. Descobri o que não sabia, até confirmei suspeitas mas recebi explicações que mudaram a impressão que havia guardado e embaralharam alucinações que ainda me confundem. E então depois, antes que eu pudesse voltar com borracha e lápis aos originais desta história, o cabo me matou. Parece que o equilíbrio do universo dependia disso, e é por essa razão que não guardo mágoa dele. Também porque hoje aprendi a não confiar em sensatez.

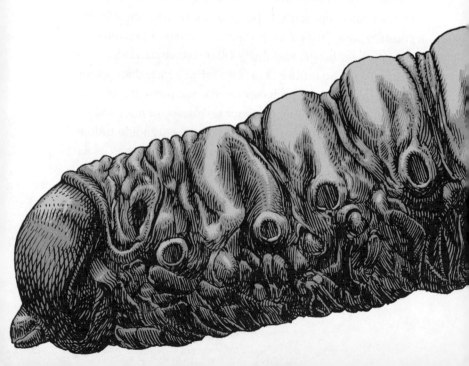

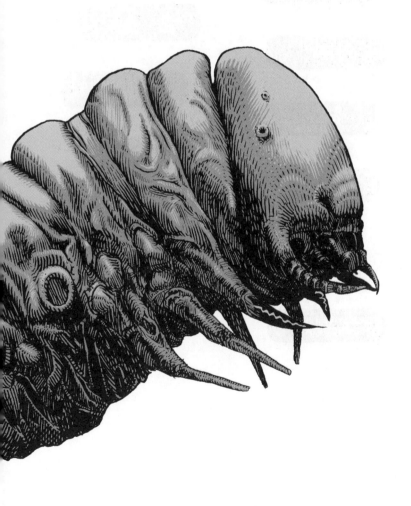

Recorrências

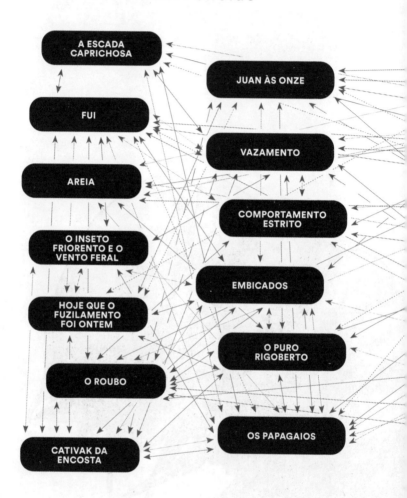

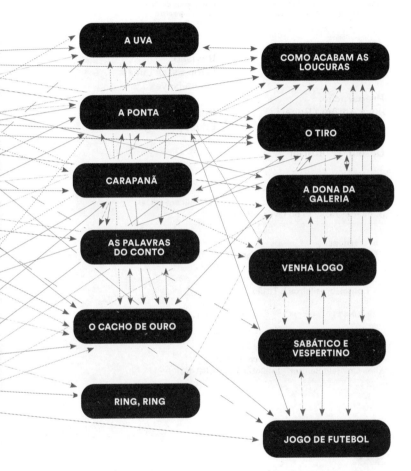

Recorrência é a ligação entre os contos, *temática* (assunto em comum, seta com linha interrompida) ou *linguística* (expressão comum, seta com linha cheia). O diagrama exemplifica essas ligações.

Apesar da intencionalidade do autor, não há necessidade de o leitor identificar ou acompanhar as conexões entre os contos, que são textos autônomos. Trata-se apenas de outra possibilidade de leitura, para a qual não há regra nem roteiro, não há certo nem errado, que o leitor adota como e se quiser.

O INSETO FRIORENTO E O VENTO FERAL
© Everardo Leitão, 2022
Todos os direitos desta edição reservados à Categoria Editora

Esta é uma obra de ficção, com personagens e situações de livre criação do autor. Não se refere a pessoas ou fatos concretos.

Administração:
Bruno Vargas

Preparação:
José Antônio Rugeri

Capa e projeto gráfico:
Desenho Editorial

Revisão:
Hebe Ester Lucas
Maria Neves

Ilustrações:
Eduardo Belga

Dados Internacionais de Catalogação na Publicação (CIP)
(Câmara Brasileira do Livro, SP, Brasil)

---

everardobr
O inseto friorento e o vento feral / everardobr.
-- Brasília, DF : Categoria Editora, 2022.
ISBN 978-65-995940-2-1
1. Contos brasileiros I. Título.

22-108423   CDD-B869.3

Índices para catálogo sistemático:
1. Contos : Literatura brasileira B869.3
Aline Graziele Benitez - Bibliotecária - CRB-1/3129

[2022]
CATEGORIA

SHVP Rua 6 - Condomínio 274
Lote 27A - Loja 1 - Brasília - DF
CEP 72006-600
www.categoriaeditora.com.br

1. **Teoria dos rostos,** de
   JOSÉ EDUARDO ALCÁZAR
2. **O inseto friorento e o vento feral,** de
   EVERARDOBR

Em setembro de 2022, estas folhas e seu inseto saem à luz e à chuva da *floresta densa*, ali *onde, na arcada gótica e suspensa, reza o vento feral.*

Que as 25 histórias do livro sejam lidas

Como bebem as aves peregrinas
Nas ânforas de orvalho das boninas

é o que a Categoria deseja.

A EPÍGRAFE DO LIVRO E AS CITAÇÕES EM ITÁLICO DESTA PÁGINA SÃO DO POEMA *SUB TEGMINE FAGI, À SOMBRA DE UMA FAIA,* EM TRADUÇÃO LIVRE DO TÍTULO QUE NOSSO GRANDE CASTRO ALVES TROUXE DE EMPRÉSTIMO DE VIRGÍLIO

Impressão: RETTEC
Papel miolo: PÓLEN BOLD 70 g/m²
Papel capa: Cartão Supremo 250 g/m²
Tipografia: FAMÍLIA DOMAINE TEXT